家书

JIASHU

做伴

ZUOBAN

李今枚 ◎ 著

时代出版传媒股份有限公司
安徽文艺出版社

图书在版编目（CIP）数据

家书做伴/李今枚著.—合肥：安徽文艺出版社,2022.12
ISBN 978-7-5396-6257-2

Ⅰ.①家… Ⅱ.①李… Ⅲ.①书信集－中国－当代 Ⅳ.①I267.5

中国版本图书馆CIP数据核字(2017)第272088号

出 版 人：姚 巍
责任编辑：周 丽　　　　　　装帧设计：徐 睿

出版发行：安徽文艺出版社　　www.awpub.com
地　　址：合肥市翡翠路1118号　　邮政编码：230071
营 销 部：(0551)63533889
印　　制：安徽联众印刷有限公司　(0551)65661327

开本：710×1010　1/16　印张：15　字数：250千字
版次：2022年12月第1版
印次：2022年12月第1次印刷
定价：69.00元

（如发现印装质量问题，影响阅读，请与出版社联系调换）
版权所有，侵权必究

家書作伴

兵雪題

2016年毕业季，作者一家三口在哈佛大学校园

目录
CONTENTS

自言自语 / 001

一扭头，把你"丢在"珠海 / 001

上了大学学什么？/ 003

没学成汽车专业，是喜是忧 / 006

一连串没想到 / 010

说说"行不行" / 012

再说"行不行"——身体要行 / 015

富养乎？穷养乎？/ 018

别让情商绊倒 / 020

国庆节，你又回家了 / 024

"我怎么知道"好噎人 / 026

回望挫败 / 028

三个"决定"的背面 / 031

示弱亦胜出 / 034

听听难听话 / 036

记得"请安""报平安" / 039

磨炼一颗平常心 / 041

怎一个"躁"字了得 / 044

手机，买贵的还是买对的？ / 046

送你一片"大海" / 048

这次是什么"给力"了？ / 050

"考 G"别忘了一个最大的"纠结" / 052

你是我们放飞的"风筝" / 055

无缘"大任"又如何 / 057

咬定青山　放松心态 / 059

有时不必过多想结果 / 061

从"以他人为本"做起 / 063

考 G 过后　收获几何 / 065

有个竞赛练练也好 / 067

"特殊"的应聘女生 / 069

"意外"之喜 / 071

如果丢下手机一天 / 073

生命之花凋零之后…… / 075

年度热词告诉我们 / 079

知晓一点"另一面" / 081

养盆花草来养心 / 083

付出得到等一个机会对接 / 085

总理之"痛"你我有之 / 087

从"快起来"到"慢下来" / 089

求助不丢人　借力亦智慧 / 091

谁都会有段"晦暗的日子" / 094

我的大事"我做主" / 097

当"恋爱"来敲门…… / 100

且慢谈"吹"色变 / 104

歇歇脚又何妨？ / 107

迎战未知风险　迎接"无限可能" / 110

管控自己 / 112

问："你幸福吗？"答："……" / 116

这个电话有温度 / 119

申请留学"自个儿干" / 122

痛定还思"啥"？ / 125

找个什么样的他？ / 128

负笈美国学什么？ / 132

哈佛大学：你走进，我走近 / 136

"代"你写封致谢信 / 140

"波士顿爆炸案"冲击波 / 143

想到？就做！ / 145

生活能力，你小瞧了吗？ / 148

请试着在美联系上她们 / 152

善于"善后" / 154

到你学校"认识"你 / 156

将与寂寞面对面 / 160

上心做好手头事 / 164

婉拒"庆贺"为哪般 / 166

五年之后再送学 / 168

断想（补白） / 170

"冰""火"何处没有 / 172

说，或不说？ / 175

在美国找个地方实习有多难？ / 178

自信二百年　自傲…… / 180

父母放手　孩子出手 / 183

把这样的矛盾当个"课题" / 186

转型也是一条路 / 189

跟着俗话去花钱 / 191

河东河西又如何 / 194

找点"闲时"读"闲书" / 197

乡愁岂止在乡村 / 201

留学之"最" / 204

意外发生在身边 / 207

"都有那一天……" / 211

时隔三年　再闻佳音 / 215

卷入"房疯" / 219

写给两年后的"落差"提醒 / 223

哈佛大学带给你什么？ / 226

后记 / 230

自言自语

女儿从出生到 18 岁,基本上没离开过父母,没离开过家。而上大学了,意味着从此开始相对独立生活独自行走了。想必无数"80 后""90 后"都是这般轨迹。

然而,父母的身份赋予其特定的责任,不能耳提面命了,也挡不住"唠叨"的本能。想必众多为人父母者都是如此心迹。

好在如今联系方式交流途径快捷多样,电话视频、电子邮件、手机短信、微博微信等等悉听尊便。因此,我们就想从她读大学后以电邮书信等方式交流思想、表达看法、评析得失、提醒要求、指正建议……这样几年下来,积聚了这些长长短短的文字。敝帚也自珍,顾影且自怜,遂生汇编成册之念,权充见证孩子大学、研究生阶段喜怒哀乐长短得失的家书集。

家书,简言之就是"家信",即家人间乃至亲友间聊家常谈友情论世情的书信,换言之也是书信样式的随笔散记。

家书在我国源远流长影响邃远,"家书文化"在中华传统文化中享有一席之地。从杜甫"烽火连三月,家书抵万金"脍炙人口的感叹,到"千里捎书为一墙,让他三尺又何妨"衍生"六尺巷"的故事;从司马迁《报任安书》、王安石《答司马谏议书》慷慨激昂的崇论闳议,到《曾国藩家书》《傅雷家书》柔情似水的指点教化……无不彰显家书及其文化的形式轻灵、内涵广博、情理交融、虚实兼备,风格独具、魅力无穷。

时代在演进,家书也在演变。我想其表达形式与涉猎内容,亦可突破单一的书信样式与单纯的家人范围。因此,在书写选编此集时,省略了称谓,增加了标题;淡化了私密性,强化了通识性;既陈说了家事,也议论了世事。这种带有随笔气息的家书不知能否得到方家认同?不过,是什么像什么不重要,重要的是能让人在此看到什么想到什么。对吗?

那么本书做了哪些努力,又表达了些什么呢——

讲实话。一个人的成功要靠自己,但又不完全取决于自己,要"有人说你行,说你行的人要行",因此"求助借力又何妨"。这是我们看到或亲历的现实,只有实事求是地告诉孩子,难以预料的人和事随时随地可能碰上;也只有一五一十地告知孩子,"谁都会有段晦暗的日子"要求他们"知晓一点'另一面'"。

拓范围。按理说,家书是讲家里话、对家里人讲话。然而,国家家国本相连,家庭是社会的细胞,人又生活在大千世界里,个人、家庭、国家、世界交织融合,难分难解。所以,我们的家书话题及范围从家人家事拓展至世态万象想来也是合乎情理可以理解的。何况,有些话也是想通过对孩子述说而延展向社会发声。遂有"总理之'痛'你我皆有""卷入'房疯'"等发散思考漫议评说。

求新颖。我是理工背景,半路出家从文,在秘书、新闻行当浸润良久,似习惯逻辑思维,习识理性风格。因而说话行文不免染有纲目条文般色彩,甚至还有些报告报道式味道,这在家书语境中似乎显得刚柔失衡情理失调。好在我还有点平等低调的意识,还有点咬文嚼字的意兴,在行文上力求文字轻松活泼,网络语言、流行字句穿插其间:时而"纠结"啦,时而"吐槽"啦,在探讨时力求俯下身子说话,将商讨口吻、对话语气融入其中,如"'你幸福吗?'让'年度热词告诉我们'"。

尽责任。不必讳言,写这些家书并辑录成册我也有犹疑,也曾彷徨,孩子是否接纳这喋喋不休的"说教",能否如期冀中的成器。如若不然岂不是自讨没趣或是贻笑大方?岂不是竹篮打水或是镜花水月?不过转念想想,人的一生影响因素纷繁复杂,父母当然要尽力呵护帮助、修剪枝蔓。但仅凭若干粗浅书信,不奢望她成为完人,"无缘'大任'又如何",只希望能不断进步;不奢望我成为导师,无须作难"说,或不说",只希望尽为父责任。

这些断断续续写给孩子的文字,伴着她成长生发,也随着她的前行激发。这是起源,也是过程,就让彼此相伴相长吧。

这些零零散散写成的随感文字,算是一种家书,也算我对人生的观照,对社会的解析。虽然粗陋浅薄,权作一种表达吧。

自言自语,是为自序。

李今枚

2016年5月于合肥

一扭头,把你"丢在"珠海

送你上大学回来已经一周了,临别那一幕仍闪现在眼前,仍萦绕在脑海。

> △自然的法则表明:独立是成长的起点,是成熟的动力,是成功的基石。同时,独立是有阵痛有付出的,最终也是有欢乐有收益的。

送君千里,终有一别。当我们把你送到学校要返回时,你跟随到楼梯处,看着你依依不舍的样子,郁郁不乐的眸子,我不敢再多看你一眼,更不敢与你对视。因为我预感,此时如不快刀斩乱麻般地离开,你就会抑制不住抽泣起来,我们也会控制不住落泪,进而大家定会抱头哭作一团。我遂狠下心以赶飞机为由招呼你妈妈匆匆扭头下楼,丢下你孤零零地站在宿舍楼梯口……

真不知那一刻你的泪水是否再也压抑不住夺眶而出,以及那之后你是如何踱回宿舍的。

至今回想起来我仍不禁眼眶湿润。只是当我们匆忙赶到珠海航站楼不到5分钟就发车了(不然就要再等四五十分钟后才能赶往广州机场),这才让我们对这样决然离去稍感"理由"充分。

此后很长一段时间我都纳闷、诧异,上大学本是欢欢喜喜的事情,怎么出现凄凄切切的场景?难道这就是人们常说的离情别绪?

你从小到上大学，除了高中军训几天外，几乎没单独离开过父母。虽然高考填报志愿时你有意到外地读书，我们也赞成你出去经风雨见世面，虽然我们知道并讨论过广东天气热，也算是有思想准备；可当你离开父母离开家的那一刻真的到来时，我们还是真切地感到你的无奈、不舍、依恋……同时我们也是满怀着无奈、不舍、不安……

怎么办呢？这真是"人有悲欢离合，月有阴晴圆缺，此事古难全"啊，这就是上大学的代价、成长的成本吧。

徽商兴盛于明清三四百年，人们更多的是赞叹他们的辉煌，却很少知道他们的辛酸。古徽州有一民谣："前世不修，生在徽州。十三四岁，往外一丢。"小小年纪就外出谋生，既是生活所迫，也是历练开始。可以说，徽州商人早年独闯天涯经历磨难，养成吃苦耐劳的品性和坚韧恒久的毅力，是徽商崛起、绵延的诸多原因中重要而基础性的因素。

你出去上大学与他们出去学徒经商相比，虽然时代变了，条件变了，其道理我想还是相通相近的。那就是都走向社会了，都开始独立了，都要为今后的发展经历最初的磨炼。

我们不舍得、不放手、不放心不行，你不情愿、不适应、不理解也不行。

自然的法则表明：独立是成长的起点，是成熟的动力，是成功的基石。同时，独立是有阵痛有付出的，最终也是有欢乐有收益的。

遵从规律，体悟独立吧。

2008年9月6日

上了大学学什么？

入学接近两个月，正是新老学习模式、生活方式转换期，你适应得如何？不免挂念。

△学习方法是"渔"，具体知识是"鱼"，会了"渔"不愁"鱼"。大学教育"授人以鱼不如授人以渔"，而作为大学生只有娴熟掌握"渔"的本领，才能自己"打到鱼"，其功在大学求知，利在终身学习。没能在大学里习得学习方法、练就自学能力的话，大学毕业就相当于"失学"了。

在咱们中国，高考一直都被视为改变命运的节点，对落榜者可能是如此，对幸运儿何尝不是如此呢？

上了大学后，有人会不自主地滋生"船到码头车到站"的心态，高考前几乎绷断了的弦顿时松了下来，失去了再学习的动力；也有人忽略了与时俱进，而沿袭中学学习、家庭生活时的老套路，虽有心向学却不得要领，效果欠佳……凡此种种皆缘于没有厘清中学与大学的异同，没有弄清大学应当学什么及如何学。

大学与中学虽然同样是以学习为中心，但主、客观情况已有了显著变化：学习方式与途径不同了，年龄与智力不同了，生活环境与条件不同了，学校与老师的要求不同了……不看到这些不同，不随变而变，难免陷入盲人摸象不解真相、南辕北辙劳而无功的误区。

那么，上了大学应当学什么呢？除了基础和专业知识外，我提出三大当学内

容,你看看是不是这么回事。

一是学得学习方法。中学期间,学的方式是老师带着学、满堂灌,学的重点是既有知识,教师大包大揽教得累,学生被动跟随学得苦。而大学阶段更看重自主学习,通行的是少讲多思,注重的是融会贯通,学习掌握、摸索形成适合自己、适用大学的学习方法和能力,这才是根本(当然,同时成绩也很棒那更好)。

学习方法是"渔",具体知识是"鱼",会了"渔"不愁"鱼"。大学教育"授人以鱼不如授人以渔",而作为大学生只有娴熟掌握"渔"的本领,才能自己"打到鱼",其功在大学求知,利在终身学习。

人的一生都处在"学习进行时"中,要学的东西很多时间很长,并且大多数不能重新坐进课堂,而是要靠在社会中、生活里、工作时自学。没能在大学里习得学习方法、练就自学能力的话,大学毕业就相当于"失学"了。

二是学会独立生活。独生子女一代,万千宠爱集于一身,加之学业负担重、升学压力大,平日里的衣食住行玩、吃喝拉撒睡多由父母全权代理,哪要自个儿操心费力?以至于百事不问四体不勤,油瓶倒了也不知扶,甚至于不知健康与否、不会洗衣做饭的也不是一个两个。

大学生活虽算不上完全独立,也还是有许多事情需要自己打理,无论是打扫宿舍、个人卫生,还是头疼脑热、安全防范,以及洗衣换装、用品维修等等生活琐事,自己不做是没人代劳了。

现实环境和条件逼着你学着做自觉做,既要学如何独立生活,也要学怎样克服困难。这是维持生活的起码作为,也是完全独立的预演。

三是学点为人处世。上中学时,你们是"两耳不闻窗外事,一心只读圣贤书",接触范围窄小有限,接人待物不用考虑,社交往来也不成熟。对于这,人家不奇也不怪。上了大学后如果还这样,就显得不合时宜了,也说不过去了。

大学里,大家都来自五湖四海,基本上都是家中的"小皇帝""小公主",性格五颜六色,习惯千差万别,有的随和友善,有的怪异乖张。不学点为人处世之道,少不了磕磕碰碰疙疙瘩瘩,于外同学关系不睦,于内自己心情不爽。大学里与人相处重要的是学会尊重包容,求同存异,沟通交流,合作互助。

当然,学习处世之道,并不是要一味迎合别人,遇事好好好,而是要能冷静思考,恰当处理(人与事)问题,基础是尊重他人,包容差异,原则是坚守自己核心底线,做法是不损人害人,但也不能不防人(即"害人之心不可有,防人之心不可无"也)。

2008 年 10 月 22 日

没学成汽车专业，是喜是忧？

最终，你上大学专业选择的是城市规划，学校是远在广东的中山大学。

这是一个综合现有能力后的选择，带着些许无奈，甚至带着几分遗憾。

这个过程我们记忆犹新，仿佛昨日：

不知从何时起，你喜欢甚至痴迷上 F1（世界一级方程式锦标赛），不少闻知者的脸上挂着惊讶，一个女孩子酷爱这样一种极速运动似乎显得有些"另类"。

有爱好总比没有好，所以我们也是尽量支持，为你搜集相关信息，电视直播不论时差你都可看，F1 首次进入中国上海站的比赛也由你妈妈陪着你去现场看……几年下来，你对 F1 的车队、车型、车手、赛道、赛事等等可以说是了如指掌如数家珍，我们戏言你可以当最年轻的转播解说了。

爱屋及乌，由 F1 延展及全部汽车，大概你就是这样偏爱上汽车的吧。

2008 年高考你考了 621 分，在当年算是个不错的成绩了，于是你想学汽车专业。人们都说喜爱与专业结合是成功之道，这也是合乎情理的主意，也成为顺理成章的选择。

然而，我们的担忧、客观的现实（可以说是冰冷而残酷）破碎了你的"汽车梦"——

我们觉得中国真正意义上的汽车生产从第一汽车制造厂算起不过 60 年光景，而西方汽车强国从蒸汽时代就开启了汽车研发制造，像 F1 这样高端的赛车运动人家已经玩了百年之久。目前国内车企多数与国外知名企业合资，畅销品牌也多是合资产品,发动机等核心技术还是引进的,就是你梦想的汽车设计也不知道中国车企工程师们能否有机会"染指"。

另外,人们常常戏称"汽车是男人的情人",汽车界是男人的天下,一个天赋再高的女性在汽车业恐怕也是独木难成林,纵有抱负也难施展。当然我们也担忧,一个女生最初5至10年在车辆生产车间如何立足及崭露头角?

而且,根据分数选择学校又陷入两难:好学校的汽车专业够不上,一般学校又觉得亏,筛选再三权衡再三还是高不成低不就,只好眼睁睁地与汽车专业失之交臂。

……

尽管我们感觉是为你着想,进行了客观分析和反复比较,也在最后一刻做了最大努力,好友们也给出他们的建议,朱晓凯还专门致信帮助分析(见附信),但时至今日,我还时常暗自思忖或扪心自问:是不是父母的观点束缚了你梦想的翅膀,左右了你直觉的视线?

看到入学一两个月后你和你妈妈在珠海边的留影,你一脸的闷闷不乐酸楚无奈,莫非是专业的失落仍萦绕于心难以释怀?我不由得悄然自责:这也许是迄今以来我们给你最大的伤害。

事已至此,与其郁郁寡欢凄凄失意,既于事无补,又劳神伤心,不如我们换个思路面对:

——西谚云:"条条大道通罗马。(All roads lead to Rome.)"俗话说:"三百六十行,行行出状元。"人生目标的实现,不是只有一条路可走。许多著名专家成功人士所学专业就是阴差阳错误打误撞的,也有所用非所学的。比如,李四光就先到日本学造船,后到英国学地质,而成功于后者;鲁迅则是弃医从文而成就于文的。

无论是自己喜好的汽车专业还是没能如愿的财经专业,不都是希望学有所成或找份好工作?只要努力,你同样可以在城市规划专业有所建树的。

其实,大学除了学习专业知识,更为重要的是培养形成良好的学习态度与学习能力,有了这些,无论专业内外都是能安身立命的。

——古语道:"塞翁失马,焉知非福。""失之东隅,收之桑榆。"西语称:"上帝在给你关上一扇门时,也会在另一处为你打开一扇窗。"人们往往在某处某时有所失

去，却有可能在他处他时有所得到，正所谓"东方不亮西方亮"，失去中蕴含得到，得到中隐藏失去，这看似文字游戏玄虚莫测，却是生活真实的辩证法则。

——陆游吟："山重水复疑无路，柳暗花明又一村。"老子曰："祸兮福之所倚，福兮祸之所伏。"人生遇到挫折，难免黯然神伤，以为天塌了，以为失去了一切。其实，祸与福互相依存，也能转化，坏事未必不能产生意中的结果。

你还年轻，也有进取心，这是你最大的资本，只要乐观豁达，振作精神，没有迈不过的坎，没有闯不过的关。

2008 年 11 月 19 日

附：朱晓凯给你的信

附记：晓凯曾是报社同事中较早使用电脑写稿者之一，而这封信他是手书的，在附此文时我是让你录入的。为什么呢？我是想让你在简单枯燥的敲字过程中，再次回味数年前阅读或渐次远去的关爱，重新感受父辈同事朋友间的友情，感恩每一个直接或间接帮助过自己的人。当你有能力帮扶别人时能发出温暖之声伸出友谊之手，赠人玫瑰，手留余香，何尝不是心灵的升华和内心的欣慰呢？

小李同学：

你好！

听说你这次高考考得不错，我们都为你高兴。不过，考试虽然结束了，但另一个头痛的问题又来了，那就是填报志愿了。现在借给你这本书，希望对你填报志愿能有所帮助。

我觉得，选择什么样的专业，首先要想一想自己的兴趣在哪儿。因为大学要读 4 年，如果你对专业没有兴趣，那么这几年的时间是非常难熬的。其次，选择专业也要根据社会的发展情况，特别是要考虑到 4 年以后你大学毕业时的社会状况。只有综合起来考虑，才能最终确定应该选择什么样的适合自己的专业。

我有一些小小的建议——为你推荐两个专业方向，和你交流，供你参考。

一个是经济方面的,比如金融、国贸、会计等。这些专业文理兼收,你是有条件选择的。其实,这些专业方向这几年一直很火爆,现在早已供大于求,连分配工作都很成问题了。那么既然如此,为什么我还在这里向你推荐呢?因为经济学领域只是中低层次人才多了,高级人才还是相当紧缺的。选择这些专业,一定要有考硕士、博士的决心,如果你有这个决心,以后不愁找不到好的工作,甚至能干出一番事业来。

另一个是英语专业。据我所知,现在不少高校的英语专业也都是文理兼收的,我推荐的专业有科技英语、同声传译等。如果以后你还有计划出国、出境深造,选择报考英语专业是最佳的捷径。我以前曾建议别人报考过相关的专业,现在都已出国深造了。有了这样的经历,所以我才向你推荐的哟。

当然,你马上就要上大学了,也算是大人了,肯定会有许多自己的想法的。

最后还是祝你:金榜题名,选择到一个满意的大学和理想的专业!

《新安晚报》 朱晓凯
2008 年 6 月 22 日

一连串没想到

中国有句老话："士别三日，当刮目相看。"这话用在入学两三个月之后的你身上还挺合适的。因为你一连串让我们"没想到"的举动，真要叫我们"刮目相看"了。

△人是时代的产物，也是环境的产物。跟上社会的节拍，适应生活的需要，是人生存发展的本能、趋利避害的本能。每个人都会依据时代和环境的变化选择和调整自己的路径和目标，可谓"适者生存""识时务者为俊杰"。

在你高二文、理分科时，我们曾讨论过女孩子学文、理科的利弊。一些朋友以我在媒体工作为据，觉得你多半是会学文科的，今后在专业与就业上可能方便些；还有一些过来人向我建议让你学文科，至少学文、理兼容的专业，这样更符合女生的优势。

不过你不太愿学文科，说那有点虚，要学能掌握一技之长、具有谋生本领的理科。慎重起见，我们向你的班主任征询过你是否有学好理科的潜质，他说适合；我们也直截了当地指出学理科可能会很苦很累，你说不怕。

这样我们以为你今后大抵是与舞文弄墨疏远了，没想到你入学没几天就在一大堆协会、社团中选择了校记者站，一番测试后就成了。

虽然意外，还是为你叫好。当你发来短信告知你已成为校记者站记者时，我当即回复祝贺"我们成了同行"。

不管你会对校记者站活动投入多大热情坚持多长时间,我以为都会有所收获:当当记者做做新闻,对一个人观察社会、发现特点(新闻的核心通俗点说就是新鲜的、特别的人和事)大有裨益;写写稿子练练文字,对你学习的城市规划专业也很有助益,那些个大大小小的规划设计报告中会有大量文字性的表述、分析及阐释,是不是谁看得懂、写得好谁更来劲?

技多不压身嘛,任何知识与技能都是相通与互补的。

还有就是听说你献血了,这,我们不仅没有想到,而且有点惊讶了。因为,在我们的眼中你还只是个纤纤女孩,说不上有什么疾病,也不能算多么强健。也就是数月前你初到广东上大学时,天气燠热即显水土不服,加之军训更显体力不支,几次就诊、休息。

心疼归心疼,我们还是挺欣赏你的举动。不管是随同学大流,还是一时兴起,毕竟献血是一种善举。如果你也不伸胳膊他也不挽袖子,伤员病人用血、自己今后用血从何而来?这算是"我为人人,人人为我"吧。

……

人是时代的产物,也是环境的产物。跟上社会的节拍,适应生活的需要,是人生存发展的本能、趋利避害的本能。每个人都会依据时代和环境的变化选择和调整自己的路径和目标,可谓"适者生存""识时务者为俊杰"。你现在已18岁了,成人了,用脑子思考过了(这很重要)的言行,我们当会理解、支持的,你自己也不要有思想包袱:"突破了自我"是不是"丢掉了自我"?

秋风响起,在家里"避暑"多日的看樱桃迁居窗外,眼瞅着叶儿添绿了,果儿增红了。

2008年12月30日

说说"行不行"

眼下有个段子有点"火",想必你也有所耳闻,说的是:自己要行。有人说你行,说你行的人要行——身体要行。正缘其"火",它对人的影响就大,人对它的感触就多,也促动我想和你聊聊它。

这一段子虽短,却高度概括了"行与不行"的内、外因素。

"自己要行"是内因。也就说自个要有做好事情的能力、认知世界的知识、安身立命的素质。没有这些,即使外人说你行、扶持你,你也会像"扶不起的阿斗",让人无奈令人叹息,哀其不幸怒其不争。人们常说,机会只青睐有准备的人,这"准备"实质上就是能力的培养、知识的积累、素质的提升,自己有了能力,"机会"早晚会有的。

"身体要行"也是内因,从你现在的身体情况看还真是一个重要的内因哪,容我"下回分解"。

"有人说你行,说你行的人要行"则是外因,也是上面所说"机会"之一。你学过唐代文学家韩愈的《马说》,那里说"世有伯乐,然后有千里马,千里马常有,而伯乐不常有",伯乐就是说你行的人,就是给千里马行千里机会的人。

"有人说你行"表明,你的聪明才智、能力水平要能被他人、群体、组织、单位乃至社会认同或看好,才有施展的群众基础、舆论氛围和可能性。这需要长期地甚至默默地脚踏实地地做事和为人才能实现。当然,也不排除自己敢于善于展示推介出来(像历史上的毛遂自荐,像广告说的"我能"),让人知道令人佩服,使人由衷地说"你行"。

"自荐""我能"之类自个跳出来的做法多少会有异议争议有心理障碍，因为中国传统习惯崇尚内敛低调、谦让隐忍，所以诸葛亮直到刘备三请四邀才肯出山，成为古今传颂的佳话。但如果你今后到西方特别是美国就会发现，那里的人是不会太谦虚的，不会轻易向别人说自己不行的。自己有能力做一件事，却引而不发或自谦不行，那就会失去机会。那里属能力个性张扬的文化，有新人易于崭露头角的环境。

"说你行的人要行"则表明，"说你行"的人中有人很"厉害"，有重要"话语权"，他或他们的声音一言九鼎一锤定音。因此，自己行的人要有意识地、重点地向这些人展示"你行"，他们认可了、信服了，就会为你"宣传"、替你"做主"、当你"伯乐"、给你"机会"。这些人在学校是班主任、辅导员、著名教授、院系领导，在单位是部门负责人、学术权威、主要领导、意见领袖。

当然，凡事难免例外，正如另一个有关"行不行"的知名段子揭示的："说你行你就行，不行也行（上联）；说不行就不行，行也不行（下联）；不服不行（横批）。"有此生动形象的总结，就表明在现实社会生活中存在，而且谁也不敢保证能避免此对联描述的情况。不过，真要是遭遇此境，也不必大惊小怪，不必愤愤不平，因为咱们早已知道现实中不免此状，并知道这种状况可能得势于一时，未必能得势于一世。

总而言之，言而总之，还是毛泽东在《矛盾论》中讲得好："内因是变化的根据，外因是变化的条件，外因通过内因而起作用。"内因是根本、是核心、是第一位的，外因是条件、是辅助、是第二位的，两者缺一不可，有机结合才能确保成功。

如果你自身是个鸡蛋，当外部有合适的温度时，就有可能变成小鸡；如果你只是个石头，就是放到高炉里加温，也变不成小鸡。

因此，首要的是"你自己行"，有知识有能力自身强大；其次再适当展现善于推介，赢得外部环境中"行"的人说"你行"，机会就来了就多了，成功就近了就有了。

2009年2月26日

附注：

三国时期刘备之子刘禅,小名阿斗,虽继任蜀汉第二任皇帝,虽有诸葛亮殚精竭虑辅佐,但因其不思进取、懦弱无能、玩乐享受,终致丢掉江山。因此其名几成形容愚昧无知、庸碌无能之人的代名词。

再说"行不行"——身体要行

不知你注意到没有,"自己要行;有人说你行,说你行的人要行——身体要行"这一有关的"行不行"经典段子的收官之处,竟落在"身体要行"上。乍一看这个结尾拐弯大了点,有些出乎意料;细一想既在情理之中,更抓住了要点。

在过去"激情燃烧的岁月",流行的说法是"身体是革命的本钱"。按现在的话说那就是:身体是事业的本钱、快乐的本钱、幸福的本钱。没有好身体,就难以适应工作、干好事业,就会失去机会、减少挣钱,那么快乐也就黯然失色,幸福也会大打折扣。有人把身体健康比作"1",其他比作"0","1"在,就有可能是100、1000、10000……"1"倒下了,一切就真可能是"0"了。想必是切肤之痛换得的感悟吧。

从你现在的生活及身体状况看,忙时熬夜,平时失眠,吃饭不佳,锻炼不多,入不敷出,透支健康,影响情绪,损伤精神,缺乏力量,动辄就累……如果检查一下说不定就是亚健康,现在年轻或许还能扛得住,不觉得,但多少会损害健康的基础,侵蚀身体的根底。推及你们"80后""90后"一辈可能是大同小异。

这也就是上面那个段子用"身体要行"压轴在情理之中的原因,也是我们讨论"行不行"时把"身体要行"一句拎出来单独讨论的原因。

我们不怀疑"你行",也不怀疑会有人说"你行",只是担心你能不能让自己的身体一直行。有念于此,也顾及不了你是否听腻了,把那些"老生常谈"在这里再谈一下:

一、吃饱吃好。俗话说,人是铁饭是钢,一顿不吃心发慌。在学校乃至今后其

他地方，吃的肯定不会像家里饭菜那样可口，但也一定要三餐吃饱，争取吃好，以保证足够的营养、充沛的体力。这就如同汽车、飞机加足了油才能跑得远、飞得高一样，道理浅显，无须赘述。

有个怪圈似不必钻。当今刚刚温饱后的社会风行瘦身，正所谓"楚王好细腰，宫中多饿死"。一说减肥趋之若鹜，年轻女子尤甚。其实，我以为像你们20岁上下新陈代谢快，又值学业繁重精力体力消耗大，加之学校饮食远不会营养过剩，完全没有必要刻意去节食减肥，去迎合"楚王"，去盲从流行。健健康康、结结实实才能在人生征途上打得起持久战，才能在生活风浪中经得起折腾。

二、睡足睡好。人的一生大约有三分之一的时间是在睡眠中度过的，这是生理的需要，也是身体的需要。迟睡晚起、黑白颠倒，过度熬夜、生物钟紊乱，势必伤身伤神，遗患无穷。一般而言，人每天需要六七个小时的睡眠休息。这些你是懂的，只是作业多、环境差、压力大，想睡而不能。现在的关键是自己摸索也好求教医生也好，尽快找到在现有条件下适合自身的睡眠方法，从根本上解决睡眠问题。

三、运动运动。锻炼锻炼、活动活动是强身健体、增强力量（干事有劲、自卫有力啊）的有效途径，在这方面，你还是有些兴趣有些基础的，篮球网球、游泳跑步可时常练练，即使限于场地、器材、时间，用零碎时间（早起、睡前、上课途中、看书间歇等等）做做操、快步走个一二十分钟还是不难做到的，也是十分有效的。当然运动更需要持之以恒，细水长流。

四、快乐快乐。情绪对身体影响巨大，中医讲"百病从气生"（或曰"百病生于气"）就是这个道理。在喜怒哀乐忧愁恐惧（七情六欲中七情的主要部分）等诸多情绪里，损害健康最大的莫过于怒和气。生活中看不顺眼的事、听不顺耳的话无法避免，生点小气、愤怒一下也在所难免，关键是能控制住调整好，不生大气长气闷气。《黄帝内经》给出的对策只有一句话："无问其病，以平为期。"意思是，不管遇到什么问题，只要让气"平"就好。心平气和，快快乐乐，不生气少生气，既可自己精神愉快，又能专注做事，何乐而不为呢？

五、保健保健。养生保健近年来很受人们追捧，中老年更是热衷此道，而青年人却往往将其视为老人的"专利"，要么不屑一顾，要么顾及不上。其实养生保健的理念和方法大都是从生活之中细小之处入手，需要日积月累集腋成裘、久久为功,从年轻时就开始就坚持,效果更好受益更久。比如:早晨起来后空腹喝杯水、秋冬天用冷水洗脸洗鼻子;再比如:睡觉前打坐片刻做做深呼吸、躺下后揉揉丹田穴;还比如:一日三餐争取定时定量、五谷杂粮水果蔬菜均衡等等。

……

其实,上述几招相辅相成,互为关联,互相促进。运动能调节精神、改善睡眠、促进食欲;睡好了神清气爽,心情开朗;情绪好了入眠也容易,也就有兴致做保健多运动……

身体健康乃至身心健康是"万事之本",重视起来,从现在做起,从点滴做起,健健康康一生,快快乐乐生活。让我们共勉。

2009 年 3 月 6 日

富养乎？穷养乎？

孩子是穷养好还是富养好？这是个问题。

民间流传的一种说法是：穷养儿子富养女，或者说是女孩要富养，男孩要穷养。理由是：对女孩以富贵养之，则其不会轻易被小恩小惠引诱哄骗；对男孩子穷养，可以磨炼其意志能力，因为他今后要成为家庭的顶梁柱。

我们家是女孩，所以对"女孩要富养"一说关注思考得更多些。"女孩要富养"立意在女孩既富且贵过，起点高眼界高，一般的甜言蜜语蝇头小利是"搞不定""骗不走"的。这似乎契合孟子所云"登东山而小鲁，登泰山而小天下。故观于海者难为水，游于圣人之门者难为言"。看来此说有一定"理论基础"，也是一种"理想状态"。

作为女孩子你也许会赞同这一观点，因为它可以成为你衣食称心、住行如意、花钱无虞、用品时尚的合理依据。况且现在社会整体富裕水准大为涨升，生活水平抬高也在情理之中。

但是，理论并不都"放之四海而皆准"，理想也不都能成为现实。"富养"是否也有它的副作用，尤其在过度的情况下，"富养"会不会使人养尊处优而不知生活艰辛？会不会使人娇生惯养而贪图享受？会不会使人大手大脚而习以为常？

几乎所有父母都愿竭尽所能让孩子生活得好点，这是毫无疑问的。同时，绝大多数父母也是不愿看到孩子只知衣来伸手饭来张口，失去独立生存的能力，尤其是自力更生的品行。

俗话说,惯子不孝,肥田出瘪稻;古人云,自古雄才多磨难,从来纨绔少伟男。"富养"如不能控制住一个度,不能规避掉副作用,那不是爱,而是害。这也正是我们有时对别人的奢华"说闲话"、对你的一些要求"泼冷水"的原因。

因为我们不希望看到你成为纨绔子弟,不希望你陷入攀比的怪圈。即使你以后能挣钱了,也期望你能合理消费、适度享受,能量入为出、勤俭持家,既是为了你自己及家庭,也是为了你们的下一代。

"历览前贤国与家,成由勤俭败由奢",说的也是这么个理吧,当然,它表达得比我精练、深刻、宏大哟。

总而言之,穷养也好,富养也罢,关键是量力而行为好,核心是自力更生为要。

2009 年 6 月 8 日

别让情商绊倒

记得咱们闲聊时你说过，曾测试过智商与情商，结果是智商数据还不错，而情商一般般。对此，你是亦喜亦忧。

这虽是趣味性的测试，也是对自身的认知。就像国家每隔10年左右进行一次人口普查（类似的还有经济普查等）一样，看看人口总量多少、文化程度分布、男女老少比例等等，摸清了家底看清了自己，才好扬长避短、有的放矢地运作当下、谋划未来。

一

智商（IQ）是个家喻户晓的概念，作为一种衡量个人智力水平的数量化指标，它反映人认识、理解客观事物及运用知识、经验等解决问题的能力。许多年来的IQ测试表明，世界上大约半数人的智商在90—100之间，为正常水平；高于130，算得上相当聪明，占总人口的2.5%；若是高于140，堪称天才，仅占总人口的0.5%。

情商（EQ）则是近年流行并引人关注的话题，又称"情绪智力（商）"，是心理学家相对智商提出来的。它表明个人情绪和社会适应的品质，反映人在情绪认知、情感管控、意志磨砺、挫折耐受、人际交往等方面的能力。

据研究表明，智商与情商是相辅相成、互相影响的。当然，智商高者有可能情商低，但并非一定低、一直低，而且智商高者提高情商起来会更快更好。因为情商作为一种能力,更多的是靠后天学习来获得,经人指导、采用团队动力方式等是可以在实践中明显得到提高的。

二

既然情商是能够通过自我学习、经人帮助、不断实践逐步改进显著提高,就不要过于忧虑也别恐惧情商相对低。咱们有智商底子,能攻克难题,难道还能败在这上面?关键是有没有认真对待,花没花足够气力。

别忧虑别恐惧,并不意味着听之任之,不做努力靠天收。那样的话,情商的增速真的会跟不上生活的需要。

那么如何来提高情商呢?

意识领先。也就是重视它、想着它,别把情商不当回事。美国一项心理研究显示:成功=80%情商+20%智商;著名心理学家卡耐基也有相似的看法,"一个人的成功30%靠才能,70%靠人际关系"。更有人认为:"情商有时比智商更能决定命运。""人生往往不是输在智商上,而是输在情商上。(五岳散人语)"显然,我们真没有什么理由不绷起情商之弦。

实践为重。也就是学习它、领悟它,善于在日常生活、人际交往中学习、实践,从成功中感悟、提炼经验规律,从失误中总结、分析原因教训。日积月累,聚沙成塔,情商状况是能够一天天好起来的。

在这里,我特别想提及你高中班主任孙老师在你们一入学时反复讲到的"非智力因素"。当你们考入合肥一中时,还没实行"三校联招"(一中、六中、八中3所知名高中联合招生,采用电脑均衡派位进入其中一所学校),是将中考前几百名一把"掐尖"进去的。高手跻身名校之后如何自持自控?强手如林怎样友善相处良性竞争?孙老师显然对学生的成长规律及其经验教训有所体会,想到了看到了这些问题,为你们专题讲了三五次高中学习及生活中的"非智力因素"。

现在看来,他的这些讲座真是很有针对性和实用性,这实际上是为你们这些智商不低的中考佼佼者免费"补习情商"哟。

三

我以为,对你而言当下提升情商可先从简单的、亲人间做起,再拓展到复杂的、社会间。比如先开始——

关心人。作为独生子女,从小到大享受的是父母及亲友的关心呵护,自然而然地视之为理所当然,自然而然地只把自己当作接受者享受者,很少甚至没有意识到自己也是这种充满爱意的家庭中的重要一员,忽视了回报感恩的义务,忽视了自己也是给予者的角色。

这虽然不是你一个人的缺憾或问题,但我们也应当看到这一点,努力去扭转这一点,带着为了提升情商的目的去做,从家中做起,与家人同步。比如:在节庆假日、亲友生日时想到问候祝贺,在他们有事有难时知道援手慰问,在自己有成绩有问题时做到分享探讨。

对父母及亲友投入亲情,付诸关心,是最应该的、最容易的,也是最简捷的情商起步。从生命实体的延续到人伦习性的传承,享受亲情的滋养,给予亲情的温暖,无不彼此充盈相互交织着。因为,亲情是人类情感的起源,也是情商生发的源泉。

沟通人。每个人从家庭走向社会,从家庭人演进成社会人,需要与形形色色的人交往交流、沟通联通。这是情商高低的测试,也是提高情商的途径。

先建立沟通的理念。人的性格有内向与外向之别,工作性质有封闭与开放之分,但在当今全球化的背景下,不想或不与外界沟通交流、合作配合是不可想象的,不说寸步难行,也将难成大事。即使在网络社会可以"宅生活",但这不是生活的全部,更不是人类生存的趋向。

再磨炼沟通的能力。既然人与人之间免不了接触互动,就要想方设法训练自己的沟通交流本领。在沟通的态度上:最重要的是尊重人,尊重人了就有了成功沟通的基础,也有了沟通成功的可能。孟子曰:"敬人者,人恒敬之。"常言道,人敬我一尺,我敬人一丈。许许多多的沟通不畅乃至矛盾纠纷大都源于不够尊重对方或双方互不尊重。俗话说的"给别人台阶下就是给自己台阶下"也是同样道理。在沟通的方法上:因人而异,视情而变,到什么山唱什么歌,对什么人用什么法,兵来将挡,水来土掩。有了针对性,也就有了有效性。

当然,在社会中与人打交道,不是为了沟通而沟通,不是无原则(这个原则就是社会法则与自身底线)的一团和气,而是通过沟通提升处世能力,优化谋事路径,改良生存环境。

辨析人。既然沟通需要因人而异,那就要知道辨别人分析人,知道人与人的差异在哪。诸葛亮在《出师表》中叮嘱受先帝托孤辅佐的刘禅时说道:"亲贤臣,远小人,此先汉所以兴隆也;亲小人,远贤臣,此后汉所以倾颓也。"只有辨清谁是贤臣谁是小人,才能有所亲近有所疏远。

人上一百,形形色色。有的内向深沉、有的外向开朗,有的忠厚老实、有的精明圆滑,有的公道正派、有的阴险狡诈,有的温和善良、有的凶暴残忍……分辨清楚了就知道什么样的人可以成为朋友,什么样的人要远离;什么样的人接触其正面,什么样的人从另面交涉。

物以类聚,人以群分。我们当然是"择善而从之",多聚集正能量,少制造副作用。但,我们不是生活在真空中,也不能太理想化,更难以完全回避想要远离的人,这需要分析看透他们的另一面,对精明圆滑的人晓以利害虚实兼用,对阴险狡诈的人旁敲侧击告诫有备,对凶暴残忍的人以柔克刚击其软肋,或许能巧妙周旋化险为夷。

2009 年 8 月 12 日

国庆节，你又回家了

每逢佳节倍思亲。节假日是家人欢聚的良机，我们当然也希望经常如此。

可是，这个国庆黄金周你又打着"空的"回来了，我们欣喜的同时也生出些许隐忧：国庆假期只有7天，刨掉来回路上时间，实际在家里待不了几天，而且飞机来回费用也不少。当然花费不是主要的，真正忧虑的是你或多或少表现出的还不太适应当地气候、饮食等生活环境，还没有融入集体生活，和同学们打成一片，还觉得在那里有孤单感、厌烦感……

一辈子在家门口在父母身边学习、工作是一种生活选择和路径。但是你不想如此。当你高考后有意到外地求学，我们也觉得青年时期独自磨炼一下也好，幼苗总要经风雨，孩子总要放单飞。于是你到了遥远而陌生的广东。

在家千日好，出门一时难。独自在外，难处多多，这我们都知道都理解。

现在的问题是，面对已有的和还会出现的困难和不适，怎么尽快地适应它化解它：

——心理上不要惧怕不要烦躁。我们是"明知山有虎，偏向虎山行"，在高考选择学校时就曾预判过到外地读书会有诸多难处，应当说是有这方面的心理准备的。只是现实的难处可能大大超出了此前想象的，所以显得难以承受，毕竟，实际的感受比想象的更真切。

好在我们是有备而来的，心里就不要慌不要怕，也不要过于烦躁。正所谓"兵来将挡，水来土掩"，困难来了一个一个对付，沉陷于烦躁、躲避是解决不了问题的，只会扰乱心情,遁入恶性循环的怪圈。

——人际上与人交流"抱团取暖"。你初来乍到,面对一个新环境,诸多习惯骤然改变,形单影只孤立无援。其实,其他同学也多如此,情同此状心同此理。大家同为"天涯沦落人"、同"病"相怜,这时,多和同学交往交流,更易产生共鸣,更能相互携手扶助。

当然,这需要相应的意识与能力,不必讳言,你们在此方面还很薄弱,因为大家基本上是独生子女,被别人呵护惯了,有困难找家长或家长已代为化解掉了。这正是亟待在青年时期、集体生活中补上的一课,努力试试看吧。良好的同学关系是精神上的慰藉、困难时的力量。

——生活上主动适应顽强坚持。你在广东生活最大的困难是气候潮湿燠热难耐,整天像是在"洗桑拿";住宿、饭菜状况也是远不能与在家时相提并论……怎么办呢?既去之则安之,我们不能逆转环境就尽量改变自己,积极适应它吧。

想想当地人千百年在此生生不息,想想外地人近些年拥向这块热土,别人能站住脚扎下根我们也应当能,无非是信心是适应。同时可能也要降低点生活标准,不求吃好只求吃饱,不求睡好只求睡着。坚持下去就能习惯了,习惯了也就无所谓了。

异地求学就意味着开始独立了,独立是必须的又是艰难的,但在艰难中会收获能力的。

2009 年 10 月 9 日

"我怎么知道"好噎人

和你讨论事情原委或者询问情况时,常常听到一句:"我怎么知道?"我也常常被噎得无语。

"我怎么知道?"看似想表达的是不知道,但它特有的反问句式和语气,往往令带着关切的询问者显得自作多情,觉得自讨没趣。今后再想问也不敢不愿多张嘴了,免得多事。

将心比心,试想一下你在询问人家时得到这样的回答是何感受,作何反应?

如果真不知道,不妨静静地告诉人家:"我不知道。"也不妨幽幽地说上一声:"我也不知道啊。"或许还能博得人家的同情,没准还能获得贵人的相助呢。

从另一方面说,人家之所以问你,一种是认为你是当事人或是你的事,最接近知道事情的原委和问题的症结。而一句"我怎么知道"的回答是否也反映了自己对事情分析、原因查找得不够呢?借着所问不正好可以自己思考思考、与人家探讨探讨吗,何必一句话噎得别人说不下去呢?

问你的另一种情况是认为你知道才向你请教的,而一句"我怎么知道"让人家一张口就吃了"闭门羹",不管是否就此确信你真的不知道,至少觉得你不耐烦不友好吧?

一句话说得人笑,一句话说得人跳。信哉斯言。说话不能太随性,这样的"清规戒律"或许让人觉得说句话也太费劲了,可它却顺应了人之常情,能让交流更为顺畅更加有效,利人利己,应知应为。

少说、不说"我怎么知道"如何?

2009 年 11 月 6 日

回望挫败

人总会遭遇挫折与落败。在不长的生活路上,你记忆档案中刻骨铭心的挫败有多少我不知道,但有三四次我"参与"了你的"失利"仍记忆犹新。虽然这些或许算作不堪回首的伤痛往事,但我以为一两次深入的回望不应缺席,也不无启迪——

△不是每一粒种子都能生根发芽、开花结果,不是每一个梦想都能天遂人愿、马到功成,它们的过程有太多不确定性:内因缺陷、外因制约、天灾人祸、阴差阳错……因此,挫败、缺憾人人难免。对此,不必悲叹,莫要恼怒,唯有面对,敢于回望。谁能从中解剖出自身及外界的原因,解析出避免重复"跌倒"的对策,谁就能走出失意走出泥淖,走向成熟走向坦途。

第一次是小学时,一家电台在暑假举办中小学生讲故事大赛,当时你七八岁,初生牛犊不怕虎,有意报名参赛,我也乐观其成。

结果你悄悄地进场十几分钟后就悄悄地出局了。回家的路上你没说兴奋没说遗憾,没有叹惜没有抱怨,仿佛这一切不曾发生未曾经历。不知是少不更事无所谓胜骄败馁,还是少年老成不在乎得失进退?

今天回望这次挫败,首先是自身实力不济。在小学生组里仅二三年级的你与五六年级的学生相比,无论是编故事的能力,还是语言表达水平都尚欠功力。这不可否认,也无须讳言。

当然,我也不知道这次挫败是否给你幼小的心灵留下什么伤痛。

第二次是你中学时,你们一些同学对 Y 课的教学颇有微词,消极抵抗过,公开对抗过,要求调整过。得知此情,我们也焦虑不安,担心最终两败俱伤,也以家长之名向班主任陈述过,向校长反映过,希望校方倾听学生呼声化解教学矛盾。

然而,胳膊拧不过大腿,你们想换老师的诉求未果。爱屋会及乌,同样,恨屋也及乌,你们对老师的不满自然而然地发泄到他所代的课上:遇到该课不乐意听心不在焉、对其作业不情愿做敷衍了事,结果是你们一些人的这门课成绩悄然"塌陷",相应的后果是拖了高考分数的后腿。

今天回望这次败落,主要是较劲双方的不对等。学生虽说是学校的主体,但相对于学校这样的组织、机构以及它的重要组成部分老师,学生还是处于弱势地位,蚍蜉撼树谈何容易,以卵击石伤及自身;其次是你们年少还不成熟。作为学生的你们尚缺乏问题呼吁、矛盾处置的经验和手段,也缺乏掌控情绪、灵活应变的意识和能力,只好任由"自然式"抗争流变为"自残式"乃至"自杀式"对抗,结果"死"得很惨。

估计,这样的挫败对你们而言伤痛是深重的,教训也是深刻的;估计,这类的问题在你们跨入社会后还会碰到的,你们会"吃一堑,长一智"吗?

第三次是高考前,你参加香港大学自主招生。进入2000年后,香港高校逐渐加大到内地"掐尖""抢人"的力度,他们以港校区位的优势、自主招生的先机、高额奖学金的诱惑斩获颇丰。你符合参与的条件当然跃跃欲试,我们自然频频鼓励。虽知此项招考竞争激烈胜率极小,但《儒林外史》中范进老先生说得在理,"自古无场外的举人",不试怎会知道、怎么甘心?何况高考门路多多益善嘛。

2008年4月,我和你妈妈陪你去港大设在南京大学的面试点。面试了半小时出来后,你大呼意外:不是一个个自我介绍、题目测试,而是一群人等围坐讨论。然后结束等结果。然后就没有然后。

今天回望这次败落,其主因是准备不充分、不对路。此前预判面试考官会提问超常思维甚至稀奇古怪的题目的,没想到会是以分组讨论式面试,考官"袖手旁观":看每个人的发言是否踊跃、思维是否敏捷、观点是否独到、表达是否严谨,半个小时下来,他们心中已见高下知长短,也为考生画了像打了分。

处事前要想到"不打无准备之仗",但准备得不对路、不全面、不到位也近乎"匆忙上阵"。此次面试可谓是这样的"遭遇战":一上来不知如何参与怎样说,反

应过来了又插不上嘴来不及说。显然,准备如同"推演""预演",就要"推"破常规,"预"想可能,既不落俗套,又不留漏洞,才能真正有"备"无患。

……

不是每一粒种子都能生根发芽、开花结果,不是每一个梦想都能天遂人愿、马到功成,它们的过程有太多不确定性:内因缺陷、外因制约、天灾人祸、阴差阳错……因此,挫败、缺憾人人难免处处难防,甚至可以说是每个人的生活常态。对此,不必悲叹,莫恼怒,唯有面对,敢于回望。谁能从中解剖出自身及外界的原因,解析出避免重复"跌倒"的对策,谁就能走出失意走出泥淖,走向成熟走向坦途。

那么,回望挫败是不是有悖禅理"放下"?使自己久陷痛楚而不能自拔?圣严法师"面对它、接受它、处理它、放下它"12字箴言可是许多人走出困厄的圭臬啊。

我以为,"放下"是为了不被挫败瞬间打倒、长期折磨,而"回望"是为了从挫败中剥茧抽丝出根源教训,是为了凤凰涅槃后浴火重生;"放下"是为了轻装前行,带着几分无奈几分主动,而"回望"是为了理智前行,带着几分酸楚几分明白。因此,"放下"前后做一两次盘点清算式的"回望",是大彻大悟清醒地放下,是失中有得清楚地放下,是心甘情愿清爽地放下。

这是不是回望的意义、挫败的价值?

2010 年 1 月 15 日

三个"决定"的背面

有3句带"决定"的话在当下中国颇为流行,并被不少人奉为警句名言津津乐道,它们就是"细节决定成败""性格决定命运"和"态度决定一切"。

这些话放到现实生活中解读,未尝不能看到它们背面的一些含义。

△一个成熟理智的人不仅只是能跟随众人服从真理,还在于能独具慧眼看到真理背面可能隐含的其他道理。

——"细节决定成败",对细节、微行的重视在中国可谓是源远流长:先哲老子说过:"天下难事,必做于易;天下大事,必做于细。"《尚书·旅獒》写道:"不矜细行,必累大德。"告诫人们不注重细节,将难成大事、伤及品德。古训"泰山不拒细壤,故能成其高;江海不择细流,故能就其深""千里之堤,溃于蚁穴",则是从自然沧桑变迁揭示了细微之处的巨大影响力……

而把细节上升到关乎成败大概是《细节决定成败》一书的推力,进而衍生出"细节改变生活""细节打造前途""细节决定管理"等活学活用,深远地启迪并左右着人们的思维,这对"约束"日见浮躁的国人认真细致、防微杜渐地为人做事功莫大焉。

但是,有时候不拘泥于细枝,不纠缠于末节,却能视野更宏大,心胸更开阔,视

觉更悦目,感觉更赏心。来源于生活中的一些现象支持此说,比如,我们乘飞机腾空后俯瞰大地,曾经看不上眼的田园竟如同五色板似的规则漂亮;我们看风光照片会觉得惊艳迷人,而一旦实地游览却难见那份绚丽曼妙……这些都是因为远距离看时忽略了许多杂乱无章的细枝末节,领略的是主体的本质的精华。

显然我们需要"细节决定成败"的坚守,也需要"为人有大志,不修细节"的智慧。做事时,观察情况思考问题要细致入微,从小处入手,明察秋毫,观风于"青萍之末";做人时,化解矛盾解决问题要抓住本质,从大处着眼,抓大放小,不为鸡毛蒜皮牵着鼻子走。

——"性格决定命运",此观点为众人接受并有诸多故事为证:周瑜气量狭小、心胸狭窄郁闷气死;诸葛亮谨小慎微、事必躬亲操劳累死;林黛玉多愁善感、寡欢猜忌伤神病死……

性格是能决定命运的(有研究称也能决定健康),但命运并不都由性格决定。比如,自己看准并把握住机会,恰好遇到胜任某事某岗的机会,甚至为领导赏识从而获得机会……而机会往往青睐有实力有准备的人。当这些机会如同"天上掉馅饼"般"砸中"谁时,性格的因素是不是就显得微不足道了?

其实,命运顺逆好坏受制于内外因主客观多重因素,性格只是其中的内因,甚至只是内因中的一部分,不能无视,也不必夸大。

我们相信"性格决定命运",是为了警示自我尽力尽快修正性格缺陷;我们又不迷信"性格决定命运",是为了启示自己不被性格局限羁绊吓倒了。即便"江山易改,禀性难移"之见已成"定论",也不意味着我们就束手无策无所作为,认识缺陷,突破局限,命运就不会被性格随意决定。

——"态度决定一切",这句话的走红大约与神奇教练米卢执掌中国男子足球队时的倡导有关。其时,米卢在务实教授足球技艺的同时,也特别会务虚调教队员的心态,遂有著名的"态度决定一切""快乐足球"等理念传输。一时间企业将其引用到员工的"工作态度",学校将其引申到学生的"快乐学习"……

学习工作、生活做事时态度的确很重要,有了正确的积极的态度,就有了动力,就会主动干,遇到困难也能想方设法不屈不挠地顶住它攻克它。即便一个人如此做而没有成功,人们也会谅解他的。因为我们奉行的是"干不干是态度问题,干得好不好是能力问题"嘛。

但我们还要看到,与态度相比能力或实力更重要。态度毕竟是虚的,能力才是实的,事情缠身问题挡道时,能力或实力才是攻坚克难的"封喉一剑"。任何时候光有态度而没有能力是远远不够的,即使态度好愿意学以求得能力增长实力增强,那也是"临时抱佛脚",也是"远水难救近火"啊。

其实,在这里对这三个家喻户晓甚至被不少人视为圭臬的"决定"饶舌一番,并无意否定三个"决定"的经典意义,也无力动摇大众信奉的热门理念。我自知没有这么大的能力,说的也没有这么大的功力。

我仅仅是想借此提醒你:看问题做事情时,当有"一分为二"的辩证思维,有"反弹琵琶"的逆向思维,有"由此及彼"的联想思维;当会多个角度解析问题的正反表里,多点办法解决事物的疑难困惑。

也就是说,一个成熟的、理智的人不仅只是能跟随众人服从真理,还在于能独具慧眼看到真理背面可能隐含的其他道理。

2010 年 3 月 3 日

"示弱"亦胜出

参加过许多次竞聘会,有两次或者说两位竞聘者的竞争策略和结果让我印象深刻:

△我们经常看到并习惯认同强者成功,但现实中低调、示弱者胜出的案例却不胜枚举。这看似不合逻辑,却有内在的情理。低调示弱者不会像锋芒毕露者"对头"多,低调示弱往往最能拨动人们同情弱者的柔软心理。这样看似弱势的他们"异军突起"也就在情理之中了。

△主动"示弱"不失为一种谦和冷静的修养,一种实事求是的勇气,也是一种化解危机的智慧,一种休养生息的策略。

一位是×先生,中专学历,再有几年就"到点"(退休)了,他竞聘一个主编的岗位。相对于一批本科或研究生毕业、在一线跑了5—10年的年富力强的竞争对手,他似乎没有多大胜算。

深知这一点的他在竞职演讲中坦言弱点:学历不高、长期局限在一个行业,同时突出弥补不足的信心和措施;直陈尴尬:"奔六"(接近60岁)的人了,还跟小伙子大姑娘一起跑一线脸上有点"挂不住"。让人们看到一个真实的他、进取的他,让人们生出给他一个机会一个归宿的柔情。

结果他在掌声中赢得了职位。

一位是L女士,非全日制大学本科,年纪也不小了,她竞聘一个部门副职。面对同场竞技的重点大学毕业、在本职岗位已成为骨干的年轻男士,她要如愿也多少让人捏把汗。

知己知彼准备到位的她在演讲陈述时承认自己学历没有他们"硬",但正因此坚持参加自学考试,取得了本科文凭,坚持在实践中学习磨炼,屡次凭借业绩而被评为岗位能手;承认自己作为女性没有他们精力旺体力强,但正因此有利发挥中年女性的亲和力忍耐力优势,沟通客户协调各方。

结果她在理解中笑到了最后。

我们经常看到并习惯认同强者成功,但现实中低调、示弱者胜出的案例却不胜枚举。这看似不合逻辑,却有内在的情理。低调示弱者不会像锋芒毕露者"对头"多("木秀于林,风必摧之""枪打出头鸟"隐含的就是这样的逻辑吧),低调示弱往往最能拨动人们同情弱者的柔软心理。这样看似弱势的他们"异军突起"也就在情理之中了。

你现在还年轻有闯劲,勇于进取,敢于竞争,也易于争强好胜,通常情况下可能一路过关斩将所向披靡。但也未必见得"百战不殆",甚至连志在必得非你莫属的事情或机会也可能意外翻船或旁落他手。

因为,有些事情某些竞争并不仅仅是实力这一项的比拼,还有人情、心理、平衡等"软实力"的较量。因此,有时因地而宜、因时而异,以弱者以哀兵的形象出现,以吸引人感动人的形式体现,或许能出奇制胜。

小到个人,大到国家,道理相通。

20世纪80年代末,苏联、东欧突发剧变,中国随即处于西方锋芒的风口浪尖。邓小平审时度势,提出"韬光养晦"策略,俯身"示弱",埋首自强,温和处事,厚积薄发。虽一时隐忍吃亏脸上无光,却给中国度过时艰、高速发展赢得一个相对平和的国际时空。

如此看来,主动示弱不失为一种谦和冷静的修养,一种实事求是的勇气,也是一种化解危机的智慧,一种休养生息的策略。

2010年5月5日

听听难听话

如果问"你喜不喜欢听难听话?"你大概会本能地说:"这还用问?当然不喜欢。"我想,几乎所有人都会如此说。

△难听话并非是金口玉言,并非都恰如其分。但难听话大抵是真言,是诤言。从这个角度说,难听话是不讲情面的镜子,它可以照见自己看不到的过与失、不愿看的丑与陋;难听话也是不期而至的试卷,它可以测出听者认知的深与浅、试出听者胸襟的大与小。

△让人讲讲难听话天塌不下来,自己听难听话地陷不下去,人家讲得对则改之,修正己误;人家说错了则加勉,防患未然。

那么,人为什么不喜欢难听话?

因为难听话不符合听者的人性本能、心理预期,任何人都需要愉悦、期冀顺畅,即使是忧患意识强烈、自卑心理浓郁、自知之明彰显的人也做不到完全脱敏难听话;还因为难听话太直太重,似乎无情地撞击着听者的承受能力、情绪底线。

那么,什么话会被认作难听话?

我臆想,批评教训、呵斥指责、嘲讽挖苦、漫骂攻击等等,一切让人听了不快活的话大约都是。

难听话通常会让人皱眉头拉下脸、吹胡子瞪眼睛,涵养不错的可能会拂袖而去,沉不住气的立马就针锋相对,情绪急躁的难免是暴跳如雷。

不过,先哲老子提醒,"信言不美,美言不信"。讲的是诚实可信的话往往不漂亮不好听,漂亮动听的话往往不真实不可信。这个"信言"是不是难听话?我们该不该听听?

当然,难听话并非是金口玉言,并非都恰如其分。但难听话大抵是真言,是诤言。从这个角度说,难听话是不讲情面的镜子,它可以照见自己看不到的过与失、不愿看的丑与陋;难听话也是不期而至的试卷,它可以测出听者认知的深与浅、试出胸襟的大与小。是故,难听话使人羞赧汗颜,也催人警醒顿悟。

我以为能否听难听话有三个层次,即三重境界:

一是从不愿听到愿意听。这是最难的磨炼。"忠言逆耳,甘词易入。"谁都喜欢听好话而不愿听带刺的话,这是人性使然,也是人性的弱点。

常言道"忠言逆耳利于行,良药苦口利于病"。虽然我们都希望批评艺术化、指谬人性化,但一般来说,忠言多是逆耳、大都噎人,这就需要我们耐住性子压住火气来听难听话。其实,让人讲讲难听话天塌不下来,自己听听难听话地陷不下去,人家讲得对则改之,修正己误;人家说错了则加勉,防患未然,岂不就避免了针尖对麦芒,"化干戈为玉帛"了?

这个转变过程肯定很难很长,从本能的反感到理性的接受,从一两次的抵触到三五次的坦然,这本身就是难得的磨炼。

二是从愿意听到听进去。这是最大的跨越。当我们愿意听了,也就卸掉了戒备的盔甲,淡化了抵触的本能,也就能心平气和地听难听话,仔细梳理其来龙去脉、前因后果,尤其是理性分析其中的合理成分,吸纳有用的,摒弃无端的,解释无辜的。如此一来,皆大欢喜,何乐不为?

另外,再想想人家也不容易,冒着刺激人得罪人的风险讲真话提意见,除了真有怨气发泄之外,是不是还有真心实意真知灼见呢?咱一副拒人千里的模样,一点也不"笑纳",是不是对不住人家也对不住自己啊。

三是从听进去到主动听。这是最高的境界。如果说前两个层次还有被动况味无奈意味的话,主动听就升华到大度从容的境界了。从领导与管理的角度来说,那就是广开言路,集思广益;从自我完善的角度来说,那就是征求意见,寻求指教。

寺院里描写弥勒佛的对联说:"大肚能容,容天下难容之事。"难容之事当然包

含难听之话了,大肚能容也是大度能容,大度者度量大也,度量大就境界高眼光远,就不仅能听难听话,而且会主动听找着听;就不光是做做姿态摆摆样子,而且是真心需要,是内心自觉。

  顺便说一句,咱们听难听话这么难,别人呢?那我们说不说难听话?怎么说才让人家好听?这当然也值得思量。

2010 年 9 月 17 日

记得"请安""报平安"

隐约记得在哪看过这样一个细微而震撼的故事:讲的是某天一位老太谢绝了同伴们的外出活动邀请,说是要在家等孩子电话。结果左等右等没有等到她要等的电话,无限的无奈的失落……也许是老人记错了,抑或是子女忘记了。一个没有"如约"而至的电话,让她坐卧不安心神不宁情绪不佳,踯躅家中一整天。可见一个报平安的声音、一个请安的问候对父母来说是多么宝贵多么重要啊。

跳出故事,其实在现实生活中"记得'请安''报平安'",对子女来说也是重要的:

这样做表明知道家人牵挂。国人有句老话叫作"儿行千里母担忧",表达的就是父母对远在他乡异地游子的牵挂,而父母牵挂最大最多的是平安与否、冷暖如何。

国人还有句俗话叫作"不养儿不知父母恩",说的是没有自己养育孩子、施爱孩子,就不会从亲身体验中真切地感知父母恩情,有时甚至还会嫌父母的千叮咛万嘱咐太唠叨太烦人。

因此,多"报平安"就是要孩子体会并回应家人的牵挂,哪怕是最简单的"还好"两个字,也就足以让家人宽慰一阵子。

这样做还表明知道牵挂别人。"请安"是中华民族明清以来流传颇广的向长辈(也有向平辈的)问好、问候安康的礼节,现在多见于古装戏宫廷剧中,虽是老套甚至有点迂腐,但就关心长辈或他人而言,却不失为亲友交流加深亲情的一种

形式。

  经常主动向父母、师长"请安",了解他们近况如何、有什么要帮助的……会让他们平添亲切感存在感,对上了年纪的长辈而言其欣慰之感尤为浓烈。

  前些年,歌曲《常回家看看》风靡全国,传唱甚广,原因大概就在于它拨动了亲情人情中最柔软的心弦吧。"多'报平安'多'请安'"应该与其有异曲同工之妙哦。

  得到关心懂得回馈关注,给人关心常能得到关照,这是世间常理也是人之常情。

  你说做过智商、情商测试,发现情商尚有提升空间,我想"记得'请安''报平安'"也许是一个提高情商的不错方法,简单易行。依我并不专业的观点来看,情商中一个重要的部分就是处理亲情关系,而加深亲情最基本最重要的途径就是常常联系,多多交流,彼此沟通,相互帮扶。"记得'请安''报平安'",是浓浓家人意识、家庭观念的真实体现,更是这些观念意识的具体强化。

  此法可先从亲人做起,推而广之,也可对友人、同学、同事多问候多联系,付出关心,得到温暖。久而久之,你或许会多出一些彼此呵护的友人或圈子,也会更加体悟到生活的温馨或轻松。

  如此看来多"报平安"多"请安",既可回应家人的关心,又可提升自身的情商,一举两得,何乐而不为呢?

  一声问候一句应答,一封邮件一个礼物,传递了感情,回应了关切,张口之间举手之劳,只要想到就能做到。是吧?

2010 年 11 月 6 日

磨炼一颗平常心

前几天你说感觉到有点不由自主地放大压力、睡不好觉(其中当然有环境嘈杂影响),每天有许多事要做,却难以静下心来集中精力去做,生出焦虑,带来烦躁。

能及时发现问题困惑、察觉状态欠佳,这本身也算是好事。现在最要紧的是找出原因,找出对策,自我调整。

从自身找,是不是我们心神不宁,心态不静?是不是还没能以平常心处事待人?

一

近一两年,你竞选上学习委员,英语四、六级顺利通过,拿到了国家奖学金……这些证明了你的努力和实力,给你带来了荣誉和动力。

这时,我们往往容易忽视了成绩也是把"双刃剑",甚至忽略了顺利也有"副作用":或许带来压力和束缚?比如只想更好害怕失误,作业考试不如别人就很失落,遇到议论批评心里就很难过。或许带来嫉妒和疏远?比如别人对你做的事说的话可能冷眼旁观、冷嘲热讽就觉得很没面子,很孤独。

此时,我们往往就会疑惑自己不行了?疑虑人际关系不好了?从而产生焦虑,焦虑进而扰乱心情,不宁的心情又加重焦虑,如此形成恶性循环。

这是不是一方面的原因呢?

每个能拿到第一的人并不是神,也不是常胜将军。拿第一的人不可能时时处处都第一,有些方面不如别人,有些时候被人超过都很正常,也别太在意太有压力。就像万米长跑、马拉松赛,处在第一位的领跑者往往很累很苦,中途让别人超越一下、跟跑一段也很自在,只要关键时刻能冲上去或冲到第一就行。

一个人的能力是长期积累起来的,并在漫长过程中持续显现的。如果我们认同这一点的话,不必太在意一城一池的得失,尤其不必有意无意将它放大成压力。借用句合肥流行话说"这是好大事",只要始终有进取心就行。

说是"居高声自远",却也"高处不胜寒"。你在中小学表现、学习不算差,但也不算顶尖,也就当过课代表吧。现在一下子冒了点尖挑了下头,受到注目和谈论,就像不是太子的皇子倏地坐上了皇位,真有点坐也不是站也不是、飘飘然不行戚戚然不像的忐忑。平复反差带来内心跌宕,只要坚持初心,保持静心,该怎么做还怎么做就行。

以平常心看待得失、进退、荣辱,试着把成绩和失误化为动力,不当作包袱;试着把成绩和失误归零,一切重新开始,轻松地做自己的事,做未来的事。

二

这世上人是最复杂的,待人因而就显得最难了。但是人每天总要与形形色色的人打交道,为人处世的难题就是不可回避的了。

在这方面,我们过去历练得较少:从小到上大学之前,你基本上是从家到校,再从校到家,主要的事也就是学校上课家里做题,加之也没住过校,和外界的接触多限于校园与师生,交流的时间也只是课余。

到大学以后住集体宿舍,过群体生活,接触的人数和时间都比过去大大增加,而且是在各自特定生活条件下形成基本特点的人,这都加大了适应、相处的难度,有些不习惯也是难免的。

俗话说,林子大了什么鸟都有;俗话还说,世上没有两片相同的树叶。何况人呢?

每个人都有自己的生活背景,因而也就有了自己的思想、自己的风格,当他们以自己的模式涉及我们说话、做事时,有些我们能接受,有些我们不喜欢,有些我们甚至厌烦,这都是正常的。反之,我们说的话、做的事别人也可能喜欢或讨厌。想想别人有的类似感受,自己的任何不快不也理应释然吗?

多以平常心看待别人尤其是令你看不惯的言行,以平常心看待自己与别人行为方式的差别,除了有原则、法规可界定的对错外,许多差异是很难说清孰是孰非、谁优谁劣的,只是各人的习惯不同而已。何况,有些人的说法做法还往往是独具风格的,而这恰恰是自己欠缺的呢?因此,对看不惯的举止不必太在意,不必生闷气,更不必郁结于心,影响了自己的心情,打乱内心的宁静。

人言是否可畏,关键还看自己心态如何气量怎样。从善如流的人是泰然处之:言者无罪,闻者足戒,有则改之,无则加勉。被别人说几句没什么大不了,也丢不了多大面子,不用气急,不必气馁。就算实在憋不住气压不住火(任何人都难免生点气嘛),也别生大气,别老生气,自个儿学着"放气",练着"换气"。

求大同,存小异。争取做到如此,如果实现不了,或自己真的做不到这一步,就把芸芸众生当作是个五彩缤纷的世界去看待、去认识,是不是可以轻松自如、少些烦恼呢?

磨炼一颗平常心,待得非常人,处得异常事。

2010 年 12 月 6 日

怎一个"躁"字了得

常有人说,现在的人有点"躁":急躁、浮躁、烦躁、暴躁、狂躁、躁动、躁乱、躁怒、躁狂……易于冲动,易发戾气,一句不中听的话就能吵翻天,一件很小的事就能动刀子。我日常接触的稿件中那些想都想不出来的纠纷、案件也可为证。

我们身处其中,估计多少染"躁"。你呢?恐怕也不能幸免:那次你妈妈要你帮忙翻译论文的英文摘要,不想被一句"没时间"呛得半天不知说啥。想想也是,当时正值你准备考试的紧张节点,当别人要你做这做那时,心里就担心耽误时间打乱节奏,说话就不免"躁"。

当今,人们为何如此多"躁"?

从大处环境讲,社会节奏太快,人们裹挟其中,唯恐不能争先进位,生怕丢掉点滴利益,便奋不顾身地打拼,争先恐后地比拼;社会评价过激,万元户、百万富翁、富豪榜循次登场,风光无限、出人头地。

如此这般,一旦得志或忘乎所以狂妄自大,如果失意则牢骚满腹肝火爆发,患得患失都极易使人躁动不安。

"新生代"在家人亲友面前如同"小皇帝""小公主",是"捧在手上怕掉下,含在嘴里怕化了",养尊处优,唯我独尊。

如此这般,一遇外界他人不如意事不中听话,不适不安,烦躁不快,心生怒气,言行带刺,也就是自然而然的事了。

毛泽东早就告诫人们要"戒骄戒躁",说明"躁"是老症、顽症,只不过眼下更盛、更广。这更需要我们自警自省,克己克制。

少些烦躁,多些宁静吧。

人生一世,遇事无数,阅人无数,怎会都对路子、哪会都合口味?无可奈何、心烦意乱就如同家常便饭。怎么办?少安毋躁,平下心、静下气,想办法、寻帮助:

先冷静分析。唯有冷静下来,弄清事情矛盾的来龙去脉、结果影响、处置急缓,才能理清头绪,从容应对;

再想方设法。可以立足自身经验、处事惯例准备办法,也可大胆设想几种可能的措施,从中选择最佳方案,留好备用手段;

后寻求帮助。纵使自己无计可施,也别轻言放弃,请教亲友师长,寻求指点帮助,就算讨教不到药到病除的好方子,也能多少排解情绪舒缓焦躁。

少些戾气,多些柔忍吧。

自控制怒。无论是外界施加的烦恼,还是自身积累的怨气,都应当有意识有作为地自控、制怒。晚清名臣林则徐性格刚烈性情暴躁,为了自我防控怒不可遏引燃冲动,他手书"制怒"二字高悬厅堂时刻警醒自己,并成功止住一些震怒言行。

抓大放小。人与人、人与事之间总会有不同点不协调不适应的问题,只有抓大面放琐事,原则底线或需讨论争辩以求明晰,鸡毛蒜皮不妨大而化之一笑了之;只有求大同存小异,多数求同少数存异,扩大共识面,增加公约数。这样才能少生气少发怒,心平气和,不烦不躁。

以柔克刚。柔忍是一种修养,也是一种智谋。以柔克刚、以忍避锋,对外可以腾挪出缓冲地带,便于拉开针尖对麦芒的躁动间距;对己则能留出来弹性空间,便于思索化干戈为玉帛的理智招数。

柔也好,忍也罢,最为煎熬的是自己内心的挣扎,因为以柔忍克人之刚的同时,更要克己怒火的燃点、自尊的底线,这有赖素日积淀的个性修养和心理修炼支撑与平衡,才能做到"猝然临之而不惊,无故加之而不怒"。

新的一年从寒冬中走近。有资料分析得出结论:冬季发案率低于夏季。这是因为身体的冷使人内心变得静了吗?那希望我们冷静无躁地走向未来。

2010 年 12 月 28 日

手机，买贵的还是买对的？

先说个"趣事"。新年之初，与单位同事一起吃饭，我问一位记者："新配的苹果手机用得如何？"他说主要是通电话发短信，采访时拍图片录视频。之后，他坦诚而又有点羞涩地说了段"糗事"：刚拿到新手机后失眠了好一阵子，原来是他租住在一楼，生怕晚上开窗睡觉时手机被偷了。因为，虽然他已工作了三四年，但此前所用的手机都只是几百元一部的，一下子用上了五六千元的手机，真是怕一不小心弄丢了或是弄坏了啊。

这位记者我还是比较了解的，几年前我和同事到国内一所名校招聘时，就知道他是个苦孩子、穷孩子：家在农村，父亲早逝，一个人先上当地一所大学，后考入名校读研，虽然他学的不是新闻，但直觉告诉我这样的人会珍惜机会、工作乃至生活的一切，于是建议录用他。不出我所料，他来后干得不错，很勤奋，能吃苦，多次被评为报社的优秀记者呢。

由此想到你最近买手机一事。你原来用的手机坏了，买一部新的实属正常。我们建议你买个千元左右的，而且这笔钱由你自己（从奖学金中）拿，意在表达"花自己的钱会知道'心疼'，想到节省"。结果，买的手机超出你原打算的一千六七，而是二千元左右一部的。我再次说明这钱得你自己出。

为什么对此这么苛刻不近人情呢？

也许你在买手机时也想到了尽量少花点钱，只是还有样式、功能、质量等考虑，没法使省钱与功能两全。

但我想说的是，你现在还是个学生，没有经济来源，消费上应当有节俭意识和习惯。即便你今后工作有收入了、挣大钱了，节俭的意识及习惯也是合理消费、勤俭持家、善于理财的基础。

我们家现在的经济状况是比上不足，比下有余。因此，在你日常生活上，我们还不算抠门的，尤其在涉及你安全、健康、学习所需上更是比较舍得花钱。同时，我们也理解你与我们探讨生活方式时表达的"不能要我们重复你们那个艰苦年代及生活"的看法，因为社会发展了，生活水平也提高了嘛。

只是我们不希望你由此而形成大手大脚的习惯或者攀比的心理，知道珍惜每一分钱，自觉把钱用在刀刃上。因为，节俭意识与合理消费观会使你受益终生的。这就是我们的出发点。

另外，手机的功能开发和款式翻新日新月异，据说，苹果商城手机软件也非常多，而且在不断更新。但对大多数人而言，手机基本上还是打打电话、发发信息、看看新闻、查查资料、拍拍照片、搜搜地图、听听音乐、玩玩游戏、订订餐购购物而已，它的许许多多功能一年用不了几次。因此，套用一句广告的话，还应"只买对的，不买贵的"才是。你说对吗？

2011 年 1 月 22 日

送你一片"大海"

一直想把自认为还有点味道的几幅摄影作品,挂在家中作为装饰,拖了好一阵子终于在这个春节前了却了心愿。

在和你妈妈说起这几幅不同场景的摄影作品分别放在哪个屋里时,我想把一幅大海的图片挂在你住的房间,谓之"送你一片'大海'",让你一转眼就能看到,一看到就能生出"面朝大海,春暖花开""心胸像大海一样宽阔"的感觉。

"面朝大海,春暖花开。"这是安徽籍诗人海子的著名诗句,他的这句诗温暖了无数人:常被人用来疏导自己、开导亲友。

以大海为对象为题材的名句名篇不可胜数。是的,地球的表面七成左右是海洋,可以说整个世界最不可忽视的景观就是大海。它潮起潮落,生生不息,波澜壮阔,浩渺无垠,令人赞叹其壮阔,探究其深邃,追逐其广大。大海带给人类的故事、启迪、生机……可谓无穷无尽。

人们习惯认为女孩子细腻有余,爽气不足,说得直白点就是气量小、不洒脱,容易被他人的婆婆妈妈只言片语惹恼,被鸡毛蒜皮些微琐事缠住,坏了自己的心情,伤了人际关系。我们不奢望你一点没有上述女孩子气,当然也不希望你有太多。重复这一警句无非是期望你心胸开阔,大度能容,不为浮云遮望眼,莫被小事乱心绪。

人们经常感慨人是环境的产物,其真实的意思是人的心境受外界事物、环境影响。或喜或悲,或忧或怒,有那么几分是生活的多彩、起伏,多那么几分则是隐患、麻烦，过喜过伤都需要调整，削峰填谷，纠偏归正。

调整可以自我矫正，也可借助外界修正，眺望宽阔的大海是，漫步疏朗的田园是，和朋友聊聊天、在操场打打球也是。

用大海图片说出"面朝大海，春暖花开""心胸像大海一样宽阔"这两句温暖的话，是给你，又何尝不是给我自己。人生不如意之事常有，别人说闲话难免，多想想这两句话，心情也会开朗一些吧。

2011年2月1日

大海（2008年4月摄于海南三亚）

这次是什么"给力"了？

今年寒假返校前后你是有点不顺的：先是在家时拉肚子，后是到校后吃不下饭，基本上只喝点稀饭，时不时还出现手脚发麻症状，到我写此信时已有四五天了。

你来电的声音与你表达的状态，让我们在几多牵挂中感到几分宽慰。

宽慰之一是遇到病困时你没有唉声叹气、哭哭啼啼，没有情绪波动、烦躁不安，而是常和父母联系，商讨祛病之策，勇敢地面对，想办法应对。这是对的，应当坚持。

宽慰之二是身处病困中的你没有乱了方寸、慌了阵脚，而是从容淡定、坚持计划，仍然早早起床看书复习，迎战 GRE 考试（全称 Graduate Record Examination，即美国研究生入学考试，下简称"考 G"）。这不容易，应当表扬。

这让我们看到你更加成熟、沉着、坚强、自信了，更加知道想方设法去解决眼前的困难了。有了这样的状态相信你会很快击溃这波困扰，有了这次的经历相信你会更有能力击败类似的困境。

你这次虽为疾病所扰仍能保持良好心态，我分析是不是有一个要"考 G"的目标在"给力"？目标就是一种精神支撑，精神支撑就是一股精神力量，此时此刻精

△精神不是万能的，但没有精神是万万不能的……唯物主义并不认为精神能"赢家通吃"，精神加物质可能是解决问题的"黄金搭档"。

神力量一定程度上压制住了病痛,至少让你不被它吓倒。

精神不是万能的,但没有精神是万万不能的(套用一下"金钱不是万能的,但没有金钱是万万不能的")。许许多多成功者的经历中都有信念、目标与精神的身影。为了早点将此信发给你,及时为你鼓劲加油,这里我就不动脑筋、查资料举例证明了。

当然,唯物主义并不认为精神能"赢家通吃",精神加物质(此时如药物)可能是解决问题(此时如病痛)的"黄金搭档"。所以,该看病去看,该吃药要吃,该休息就休息。

2011 年 2 月 22 日

"考G"别忘了一个最大的"纠结"

最近为"考G"你有不少"纠结":准备时间来不来得及、复习迎考与上课作业的矛盾如何处理、现在考G下半年考试改革后会不会要重考……

你的"纠结"已经不少了,可我还要提醒一个可能是最大的"纠结",那就是去美国读研的利弊及对今后生活的影响如何?

记得20世纪90年代初火遍大江南北的电视剧《北京人在纽约》里有句经典台词是:"如果你爱他,请送他去纽约,因为那里是天堂;如果你恨他,请送他去纽约,因为那里是地狱。"(另一种说法是"如果你爱一个人,就送他去纽约,因为那里是天堂;如果你恨一个人,也送他去纽约,因为那里是地狱。")让人记忆深刻,感叹不已。

该剧讲的是一个关于北京人在纽约奋斗与挣扎的生存故事,以及东西方文化碰撞下的悲欢离合。这部电视剧你大概没看过,但"天堂与地狱说"你也许听说过。

在你准备"考G"去美国读研时,提起这些,是想让你对美国有个较为全面客观的考量,尤其是对我们已知的及未知的弊端有足够的心理准备,这样才不至于面对现实时太过失望。因为,有时期望值越高失望值就越大。

△在我看来,美国既不是天堂,也不是地狱,而是一个现代的国度,现实的社会,既有民主自由,也有邪恶丑陋。

在我看来,美国既不是天堂,也不是地狱,而是一个现代的国度,现实的社会,既有民主自由,也有邪恶丑陋。

我们必须看到:

——诚如我们曾简略探讨过你也认同的,美国并非是公平正义、公开透明的净土和圣地,不然2008年起并延续至今的全球金融危机也不会从美国肇始了,华尔街金融大鳄、两房(房地美、房利美公司)的贪婪本性欺诈手段重创美国政府和百姓,并将世界经济拖入泥淖,至今未能恢复元气;政治斗争中的"水门窃听事件",社会治安中的校园枪击案,等等。显然,那里也还不能算是"世外桃源",阴暗、卑鄙等丑陋现象都会不同程度存在。

——东西方文化差异仍旧明显。虽然这些年在美华人越来越多,你们这一代人的东西方文化交融更多了,但由来已久根深蒂固的差异乃至碰撞仍然无处不在:价值观念、行为方式、处世原则、性格特征、表达习惯等等。因此,许多华人在那里打拼多年也无法融入主流社会,只有极少数华裔一代或二代勉强跻身部长、市长、议员、高管等阶层。这大概就是东西方文化差异及碰撞的一种难免的结果。

——生活的落差显而易见。你在中小学期间住在家里,衣食住行、头痛脑热诸事不用操心;去广州上大学,虽然远隔千里,但食宿在学校里也不用太费心,有大事有机会时我们还可以去帮帮去看看。而到了国外,一切的一切都只有靠自己打理了,家人真正是"鞭长莫及"了。

比如,据说美国高校有些是不提供住宿、食堂的,学生自己租房住、烧饭吃,这样一来与房东打交道讨价还价(或许会因为价格问题搬来搬去)、日常采购洗烧打扫卫生、居住出行安全防范等等杂事是免不了也少不了,而这些事不少是你的弱项,虽不至于难倒你,但也是要花掉不少的精力与时间。

——美国是个人情相对淡薄的地方,同学同事、亲友朋友之间真有点"君子之交淡如水"的味道,这样也好,人际关系简单,大家谁也不欠谁的。但另一方面,在那里不能指望别人"不请自到"的援手,就是你有事相求、需要通融时也未必有人愿意"管闲事",因为人家"原则性很强","不干涉他人私事"。那时,在异国他乡、初来乍到的人往往会感到孤独无援,有事时也可能会有"叫天天不应,求地地不灵"的窘迫。

有志向有能力去国外留学，这是好事，我们理解赞同，并会全力支持。这里啰里啰唆地解析美国及去美国可能面临的困难，也是一种支持，目的是把这些看法提供给你，让你看到优势，看清劣势，更看透可能遇到的问题与困难，从而做足思想准备，从容迎接机遇和挑战。

2011年2月25日

你是我们放飞的"风筝"

　　21日晚你借用同学手机来电告知我们你的电话卡坏了,以及其后一段时间里可以联系的方式和准备解决的办法;22日上午你发来短信告知"临时买了个号,这两天可用它联系";23日下午你便短信告知"补上卡了,换回原号码了"……

　　△远离家乡家人在外读书工作闯荡打拼的孩子,都像是父母放飞的"风筝",无论飞多高飘多远得意了失落了,都有一根线相牵相连,都有两双目光关注着。这根线就是父母的视线……

　　在"考G"(作文部分)前夕突遇联系不便麻烦事时,你及时与家人通报情况保持联络,妥当安排赴广州外国语学院"考G"与解决手机卡问题,处置合情合理,结果周全圆满。

　　对此,我们颇感欣慰:因为你想到我们可能会因为联系不上你而焦急而担心,并在一有进展(办了临时号码、补了原卡号码)之后就及时告知,使联系之线不断,让家人不用着急。这说明你真正体会到父母对你的关切,真正意识到亲情沟通的重要。

　　清晰记得在你一两岁时,我们住在那幢木地板两层小楼上,一天中午你在睡觉,我们去厨房(借别人的另一处地方)吃饭,回来时一看你不在床上了,顿时心里慌了。结果发现你悄无声息地蜷缩在床下。估计你是睡醒后发现大人不在,哭着喊着爬着找着,不慎掉到床下,又哭着喊着……直至筋疲力尽。我们赶忙将你从地

上抱起，连忙在你眼前伸出几个指头，试试是否脑震荡了，还好，数还识人也识。真是虚惊一场。

此后，不管刮风下雨严冬酷暑我们都不会再丢你一个人在家了。

以我猜想，每个父母都希望孩子能永远待在自己身边，方便照看，共享天伦。可这是不现实的，孩子总要出去开辟自己的新天地的。于是，父母们便退而求其次，总希望孩子能一直都在自己的视线范围内。

其实，远离家乡家人在外读书工作闯荡打拼的孩子，都像是父母放飞的"风筝"，无论飞多高飘多远得意了失落了，都有一根线相牵相连，都有两双目光关注着。这根线就是父母的视线，就是亲情的牵挂，就是血脉的相连。它给孩子温暖力量、校正提醒，也是暂避风雨、慰藉伤痕的港湾。

你可以相信这一点，你可以自信地飞翔。

2011年3月24日

无缘"大任"又如何

昨晚,你妈妈与你通话,聊起你现在一边忙于完成作业,一边紧张地准备"考G",压力大,睡眠差,人困马乏,效率低下……她笑言是"天将降大任于斯人也,必先苦其心志——"为你放松,给你鼓劲;我在一旁接上"——劳其筋骨,饿其体肤,空乏其身……"

△困苦不可避免,磨难也不可怕。无论上天有无"大任"降临,不管前途是否坎坷重重,重要的是在这样的过程中形成坚强的心,顽强的志,超强的能,做到虽然翘首收获,却能埋头耕耘。

这些天早晨上班前我抽点时间翻看你的《初中生必背50篇古诗文》,其中孟子《生于忧患,死于安乐》说道:"故天将降大任于斯人也,必先苦其心志,劳其筋骨,饿其体肤,空乏其身,行拂乱其所为,所以动心忍性,曾益其所不能。"我过去知晓,此番也是温故品读,故随口接上两句。

看看念念无非是再熟悉熟悉,至多只是多记几句多背几段。但把"天将降大任于斯人也"这纯粹的古文句子与此时此事联系起来后,我也有了一些思索:

——天是否会降大任于你?现在尚不得而知。那么由此会生出一个疑惑:如果没有"大任降临",你"苦心志,劳筋骨,饿体肤,空乏身"还值不值?作为一个并

未承接"天降大任"的过来人,我以为还是值的!古语云:"艰难困苦,玉汝于成。"当你经历了艰难困苦的磨炼,风吹雨打的洗礼,就有可能形成坚韧不拔的意志,增添原来不具备的能力(即"所以动心忍性,曾益其所不能"),不管有没有"大任"都能终身受益,而一旦"天降大任"时也能欣然担当。

正所谓机会总是垂青有准备的人,这机会就是"大任",这准备就是"苦、劳、饿、空乏……"有准备无"大任"固然遗憾,而没准备有了"大任"则更懊恼,甚至追悔莫及。

——现在的困苦是否就是最大的?目前也不得而知。人生的轨迹总是起起伏伏、曲曲折折,像条波浪线,困顿之后可能是一帆风顺,喜悦之后或许是磨难重重。甘苦交替,循环往复,现实就是这么富有戏剧性,生活就是这么跌宕。当作多彩,当作多舛,全看各人的态度了。

对你而言,也许在异国他乡孤独无助更难,也许在就业初期摸爬滚打更苦……但每个人都是在经历一段段苦难之后,方迎来一个个春天的。你看,关羽过五关斩六将,方脱身曹营;邓小平三落三起,才肇启改革。

因此,你得有这样的心理准备:首先,说是经历苦难可堪"大任",实际并非人人都有"大任"可担,即使无缘,这种经历也绝非一钱不值;其次,一辈子的路很长,磨难过了一关又一关,任何时候都要有足够的耐心和信心去迎战它们。

困苦不可避免,磨难也不可怕。无论上天有无"大任"降临,不管前途是否坎坷重重,重要的是在这样的过程中形成坚强的心,顽强的志,超强的能,做到既能翘首收获,也能埋头耕耘。

在结束此文落款日期时突然发现今天是5月4日,恰逢"五四青年节",也许是天赐感悟驱使我写下这段有点青春励志味道的话,但愿没有说教之意。记得你独自过第一个青年节时,我曾发短信祝贺,你回复称"据联合国最新划分,60岁以下均为青年,同乐同乐",那么,本文就算共勉。

2011年5月4日

咬定青山　放松心态

眼下是你"考G"的冲刺阶段,我们远在千里之外,虽想在生活上提供帮助,却鞭长莫及;"考G"是我们未曾接触过的新情况,虽想在迎考上给予参谋,却力不能及。尽管如此,我们还可以是你拼搏的"亲友团",是你冲刺的"啦啦队"。

在大赛、大考前出现期待、兴奋、焦虑、忐忑、紧张等等状态都是正常的,久经沙场的体坛名将、功成名就的舞台名角也在所难免,何况你这样的小字辈。

此时,我只想说:咬定青山,放松心态。

"咬定青山"对你来说不是问题。"考G"是你当下最大的"青山",近一年半你全力以赴,呈现出对人生要点良好的掌控力和集中力,值得肯定,令人放心。当然,我们也相信你会在此后的时间里一如既往,全力以赴的。

"放松心态"则是现在的关键。任何大考、竞赛,在竞技水平一定或大家差不多的情况下,心态往往成为左右成败的一个重要砝码。好在你已身经百考,调整心态也自有心得。这里再赘述几句,权当提醒吧。

自信。美国思想家爱默生说过:"自信是成功的第一秘诀。"中国伟人毛泽东吟过"自信人生二百年,会当水击三千里"。我想你对此次考试大可充满自信,因为,你有可以信赖的英语天赋,初中时"魔鬼式"训练也打下坚实基础,大学一、二年级时英语四、六级均一考而过……拥有自信,胸有成竹,心情自然也会放松一些。

淡定。"考G"对你而言只是人生途中一次考试,虽然很重要,但是与你已经历过的"一考定终生"的中考、高考相比,还是有很大回旋余地的,说得直白点就是:

这次不成,还可再来。所以,应当既认真视之,又淡定处之。同时,考试之前你紧张,别人多少也会紧张,如此这般大家仍处在同一起跑线上,这样想想,心中是否坦然一些?

快乐。前些年,米卢担任中国足球队主帅后,带来"快乐足球"理念,让人耳目一新,同时也把中国队首次带进了"世界杯"(当然"快乐理念"只能算是原因之一吧)。我想同理,咱们也可尝试把快乐带进迎战"考G"中,快快乐乐地去迎考。没乐怎么办?找乐呀。前两天我们报纸报道"'过来人'谈高考",其中一位同学的经验就是"平时多想些开心事",哼哼歌曲,自娱自乐。快乐多了,人也自然轻松了一些。

"咬定""放松"这张弛对立、松紧矛盾两种迥异的态度,当分别赋予"目标""心态"两个不同的对象时,它们就和谐统一并行不悖起来:"咬定青山"(目标)需要放松心态辅助,放松心态可以促进咬定青山。人世间的事竟是这般对立统一,就看如何组合配对,怎样协调配合了。

2011 年 5 月 21 日

附记:

次日中午,女儿来短信告知已收到她妈妈寄去的食物与衣物,我随即回信:"另,给你QQ邮箱发去一文。"少顷,她回来短信:"物质食粮和精神食粮同时来了啊,哈哈。"她能把我们发去的家书当作"精神食粮",并乐呵呵,这正是我们期望的效果。于是回信:"哈哈就好。"

这也算是家书互动吧,附记之。

有时不必过多想结果

"考G"的日子一天天临近……开篇写下这句话时,我不由得有些犹豫:这有点"倒计时"的语气,会不会加重你考前的紧张情绪或心理负担?加之原本也不想此期间再说什么,以便你集中精力迎考,因此踌躇再三。

不过近日留意到,我们报纸及当地其他媒体都在报道名师接听热线、撰写文章,为高考学生咨询心理及生活问题,有感而发,权充"名师"一把、"指点"一番。

想来这么多年你久经考场,什么"风浪"没经过,还怕我几句"闲言碎语"掀起"波浪"吗?就当作一次心理抗打击强化练习吧。

但凡临考、临赛,人们的心理状态不外乎两种:一种是期望考好、赛好;另一种是担心考不好、赛不好。有人深陷一种,有人则困扰于两种,甚至长时间不能自拔。一言以蔽之乃"想赢怕输患得患失"也。

期望考好、赛好这是每个应考者、参赛者最普遍再正常不过的愿望了。辛辛苦苦复习,忙忙碌碌准备,谁不希望有个称心如意的结果?要让谁不想不现实,也做不到。

其实,适度期待或能增添自信成为动力,只是想得过多就不见得好了,因为这样难免忐忑不安思前想后,心绪不宁耗费精力。

担心考不好、赛不好也是每个应考者、参赛者难以避免的心理活动。有时它可能成为当事人最大的心理压力:考(赛)差了,知道的人会怎么看;人生规划打乱了怎么办;自己是不是不行了,等等。

其实,就你而言,就此次考试而言,或许不必有过多的担心,它不是一考定终身,不是"自古华山一条道",你还有时间还有机会,东方不亮西方亮,何必过于担忧为其所困呢。

简而言之,先把"想赢怕输患得患失"丢到脑后吧,至少把它压缩到最低限度,认真对待、平常心态即可。

另外,想说的一句是:这个时候倒是要谨防猝然出现的不愉快不顺心的事所带来的干扰和烦恼,比如他人无端找来的事或无故刺激的话,比如身体不适,比如去考点坐车不顺住处不便,比如试题生疏开局不利……哈哈,希望这些都是贝利的"乌鸦嘴"。

不管遇到什么情况,都尽力做到冷静面对,泰然处之,不动怒,不惊慌失措,尽量保持平和的心态、放松的心情、快乐的心境。

端午节来了,你在学校吃不到家里的粽子了,去买几个尝尝吧,最好是肉馅的、枣馅的……各来一个。不必费心分辨哪种好吃,只是在咀嚼的过程中换个口味,换个心境。

2011 年 6 月 5 日

从"以他人为本"做起

趁端午节放假准备给你转生活费，顺路到了一家银行网点，说是要身份证，没带就不给办。我是"给"（汇）钱不是"拿"（取）钱没身份证还不成？郁闷！

回家取了身份证再就近到另一家网点，却遇到本地与广东不能联网（说是广东该行没进网。广东这样的省份竟然会没全国联网），只能电子汇款，但手续费比往卡里打钱贵些。你办不办？不办怎么办，还能再跑第三次？

△"以人为本"由于高层领导的倡导与力推，渐成国人共识，时代旋律。但遗憾的是，很多人仅仅将其视为是政府及部门单位、领导及公务人员的事，往往忽略了自己，只想从中得利，未想为此出力。其实，人人都是"以人为本"的施予者和受益者，只有每个人都"以他人为本"之时，才是"以人为本"实现之日。

其实，两年前你入学时（珠海校区）学校就代办了一张转钱收手续费的银行卡，为此，你另办了一张转钱不要手续费的卡。可到了现在的广州校区后，又被统一代办了另一家银行卡（这样原先的两张卡都变成了异地卡了），不仅转钱要手续费，而且在校园内没有取款机及网点柜台，要用点现金只能一趟趟跑到校外找地方取。

"与人方便"是我们通常说的词语，现在借用一下谐音及近义的"予"字说成"予人方便"，更想表达"给予"的意思，"予"人方便，就是"予"己方便。

因为你给人方便,令人温馨,就等于给自己留下了口碑,就有可能得到别人的回报。这应不是庸俗的等价交换心理,而是人们希望的和谐吧。

　　给孩子方便,不只是家长的义务,也是整个社会的良俗;呵护孩子,就是呵护我们的明天。用俗气点的话说,你方便了别人的孩子,别人或许正在方便着你的孩子呢。

　　方便可以传递,温暖能够互动,反之亦然。如果只图自己方便,甚至限制或刁难他人,只会将所接触的人推到自己的对立面,甚至催生或激化人性恶的一面,引发以牙还牙的报复,助长你害我、我害他、他害你的恶性循环。从这个角度说,"予"人方便就是当今社会提倡的"以人为本"的具体化。

　　"以人为本"由于高层领导的倡导与力推,渐成国人共识,时代旋律。但遗憾的是,很多人仅仅将其视为是政府及部门单位、领导及公务人员的事,往往忽略了自己,只想从中得利,未想为此出力。其实,人人都是"以人为本"的施予者和受益者,只有每个人都"以他人为本"之时,才是"以人为本"实现之日。

　　你现在的生活、学习更多的是有仗别人给予方便;有朝一日当你有能力有机会时,应当力所能及地"予"人方便,既是回报所得,也是感染他人,让个人空间乃至辐射区间和谐互助的氛围浓郁些。

　　也许,有时你"予"人了付出了,自己却连连碰壁屡屡不便,也不必心生怨气,权当做好事了。

　　试想,每个人都是"予"人方便链条的传递者,而不是掉链者,我们的生活触角和空间是否会更加舒适和温馨些?

2011 年 6 月 8 日

"考 G"过后　收获几何

一场或许称得上是旷日持久炼狱般的"考 G"结束了,我们与你一样都长松了一口气。

△人生在世当有目标,虽然目标不一定就能达到,但没有目标永远达不到;人活一世会有无数目标,当然不一定个个都能实现,但在奔向每个目标的过程中,总会收益一些见识、经验、领悟,哪怕结果遗憾也是一段经历、体验、阅历。

因为这是你独自在外的一次大考,从动议准备到赴沪培训、从日常复习到两次考试,在长达一年的时间里你全身心投入,付出了心血和艰辛,当然我们的牵挂也随之起伏。

现在,可以抖搂一身征尘,回望一路汗水了。

有付出就有回报,有艰苦就有欢乐,有失去就有得到……世事大多是这样辩证平衡的。那么,"考 G"之后,你得到什么? 收获几何?

从考后的简单交流中可以感到,你的收获和体会是不是有这些:

——英语水平"突飞猛进"。你过去的英语底子不错,通过这次"考 G"的高强度学习,英语水平又提高了,可喜可贺。这也应了那些老话:学无止境;付出与回报多半是成正比的;"书山有路勤为径,学海无涯苦作舟"。勤奋了刻苦了就会"百尺竿头,更进一步",就会有显形的成效或隐形的积淀。

——"看淡成绩，看重过程。"你能有这样的感悟说明境界更高远了，思想更成熟了。考前一周为了减轻你可能有的紧张情绪，我专门为你写了一篇《有时不必过多想结果》，也表达了类似的观点。

人生在世当有目标（大的小的、远的近的），虽然目标不一定就能达到，但没有目标永远达不到；人活一世会有无数目标，当然不一定个个都能实现，但在奔向每个目标的过程中，总会收获一些见识、经验、领悟，哪怕结果遗憾也是一段经历。

——"不'考G'的大学生涯是不完整的。"这句流传在你们同学中的话本身或许有些"不完整"，因为每个人都会有自己的选择或重点，他们不"考G"或许会"考"其他什么。但如从人生多些经历和历练，多些压力和动力的角度看，此话也不失为经典。

人在大学时期思维活跃激情四射，身边的新鲜事物层出不穷，机会可能俯拾皆是，就是要勇于尝试善于捕捉，迎战机遇挑战自我，砥砺意志磨砺能力。

——自信想必明显看涨。独立承受、完成并拿下这样一项很有难度的考试，还有什么样的难关不敢闯、闯不过？显然，做一件事或面对困难，信心至关重要，它虽无形也非实招，却是"软实力"，是"充电器"，有它就克难攻坚一往无前，无它则遇难而退半途而废。

——专注地做一件事，成功概率就大为增高。说到这我突发奇想地解析一下"专家"二字：大概就是专注投入地做一件事便可能成为行家。

专注需要认真，毛泽东说过，世界上怕就怕"认真"二字；专注需要毅力，咬定青山不放松，任尔东西南北风，纵然起伏曲折、千磨万击，也能始终不渝、坚韧不屈。这对你来说也是经验：不管今后遇到何事，只要认真专注，坚持不懈，就能成功。

当然，可能还有其他没说到的收获。你作为"考G"的亲历者，个中甘苦自知：酸甜苦辣最多，感悟体会最深，值得好好梳理总结，积聚人生的财富。

善于总结是一种能力，也应是一种习惯：在梳理中修正自我，在总结中开拓未来。

2011年6月15日

有个竞赛练练也好

前天你来信说班主任老师组织人利用暑假参加首钢原址规划设计竞赛,找到你和 2006、2007 级的几个学生。你觉得这是个不错的机会,只是要在学校忙到 8 月 20 日,几乎占掉一半假期,心里有些纠结,想听听我们的看法。

△生活就是这样,得失相伴,有无交集,只能权衡轻重把握缓急,取大舍小、丢卒保车了。

简单地想下,我以为参加这项竞赛有以下益处:

——能强化"微观"的规划和建筑设计,弥补你所学城市规划专业有点"虚大"导致的相对"短腿",使微观与宏观、规划与建筑的能力两个轮子一起动,拓宽就业领域或考研选择范围。

——你们这次竞赛大概是以指导老师率一个小组的方式进行,数名不同年级各有特色的同学各分一块,讨论协作,共同合成。

因此,参加这样的竞赛,可以适应并学会团队合作。在多元化社会,团队意识、合作能力既是基本素质,也是成功路径;可以交流思想,碰撞火花,相互启发,取长补短;可以了解项目管理方法、运作流程,学习项目统筹,组织协调。今后一旦有机会,你有了相关知识储备和经验积累,就能应对自如。

——参加的竞赛如能获奖,对以后申请出国留学也会有所助益。因为国外知

名高校很看重动手能力、实践经历和创造素养。即使获不了奖,这样的锻炼也是多多益善。

当然,不利的方面是你的这个暑假将要严重"缩水",难有大把的时间用于同学聚会、外出游玩、休闲放松了。

我们也很理解你惋惜假期被占掉一半的心情:忙了一年的"考G",接下来又要补作业、迎考试,很想有个完整的假期好好休整一下。

但生活就是这样,得失相伴,有无交集,只能权衡轻重把握缓急,取大舍小、丢卒保车了。毕竟,参加竞赛的机会是可遇不可求的,而假期在校的机会每年总有两次。

就在写本文的同时,看到《人民日报》有关中国科学技术大学培养学生实践、创造能力的报道。其中,该校校长侯建国说,好的大学教育就是能够唤起或激发学生的学习和科研的兴趣和热情,培养他们"享受学习、享受实践、享受创造的感觉";教务长刘斌则表示,他们希望突破传统的大学教育模式,"鼓励学生勇于提(出)问(题)、独立思考、善于交流、学会质疑"。他们表达的中国科大的办学理念和做法,对你这次参加竞赛应具有的思维和态度是否有参考借鉴之用?

我想,在此次竞赛中,你可以有意识地锻炼讨论交流、质疑辨析的能力,演练分工合作、相互配合的方式,甚至尝试天马行空异想天开、大胆设想小心求证的思维,体验并享受创新创造的刺激和乐趣。

当然,也许竞赛的过程并不如意,竞赛的结果并不理想。但全新的经历定会带来全新的感受全新的启示的。

2011 年 6 月 25 日

"特殊"的应聘女生

在单位参与了许多次招聘编辑、记者,有一次参加招聘的一位应聘女生始终难以忘怀,或者说未能释怀。

你虽然暂时还没到直面应聘竞争的时候,但终究是要面对的。我现在讲述这次招聘过程和这个女生的应聘经历,对你而言,也许是更早点、更真切地领略和体会求职(者)的酸甜苦辣。

那是几年前的一个春日,在上海复旦大学的宾馆里,一场应届大学毕业生招聘的面试正在进行——

一位家在古称西夏之地的××的应聘女生结束了报名和面试。当她刚要走出房门时,她突然转身怯生生地问招聘组人员:"下午的笔试能不能推迟……?哦,我不是说整个笔试都为我推迟,而是想问一下我能否迟点来考?因为我中学时的老师来上海了……"

闻言我们一愣,在大学生就业如此紧张的情况下,面对每一次招聘,求职者无不想方设法"克服困难"投材料、面谈、应试……还有要招聘单位为自身特殊情况改时间的?

片刻沉静中,我抬头看到她朴素的脸上分明写着两难和恳求:也许她那西部母校的老师难得来一次大上海,作为学生,一面是求职紧要之时,一面是接待恩师之事,两相权衡,她无法推托在毕业离校前的最后时段为老师效一点力,才壮胆提出如此"特殊"的要求,来争取两全其美的机会。否则,她只有选择可能失去求职机

会而去尽地主之谊弟子之规了。

于是我们答复：会通知你行否的。

提前两个小时，我们通知她可以晚上7时半前来笔试。岂料她又提出能否再推迟些，因为她7时要送老师去火车站，偌大的上海令她难以按时赶到复旦应试。

既已成人之美，又何妨再次？遂短信告之：可以。

晚8时多，面带倦容的她坐到宾馆写字台前，进行为她另外安排的仅其一人的笔试，回答事关命运的试题——"生活告诉我"。

不到给定的结束时间，她便默默留下试卷悄悄离去了。看得出，她或许感觉到大半天的奔波使自己发挥得很不如意。

招聘结果出来了：她的笔试和面试成绩没能在竞争者中胜出。

虽然，我们从各种渠道听到看到过一些鉴于应聘者特殊经历、非常举动而被"意料之外，情理之中"录用的佳话，虽然，她与众不同的应聘考试过程似乎也传达出若干如何待人处事的信息，但是，我们无法逾越招聘既有的"游戏规则"去演绎一个新的传说。我们只能深深地为她遗憾：因为她在面试时真诚地表达过自己与招聘单位所在地的渊源和对这份工作的渴望。

此后很长时间里，每每看到新招聘的大学生到岗后紧张而兴奋地忙碌，想到你不久将走进应聘的考场时，我都会不禁联想到她——找到如意的工作了吗？

祝她好运！

祝你及你们都能如愿！

2011年8月10日

"意外"之喜

暑假回校不久你传来好消息：2010—2011学年国家奖学金初评你榜上有名。这对你、对我们来说确实出乎意料。

> △每个人的潜能是巨大的，是可以积极而有效开发的。人们常常形容时间就像海绵里的水，挤挤就会出来，同理，人的潜力也会在敢挤善挤中迸发出来的。

因为上个学年你准备及参加GRE考试，牵扯不少精力，花费不少时间，赶作业、迎考试才算对付了正常课程，根本没敢奢望今年的国家奖学金。然而，无心插柳柳成荫，正业、副业双丰收："考G"高分，"奖"从天降。"意外"之喜，多少有点喜出望外哦。

这正说明：只要你努力了，就多少能取得一些成绩，就多少能得到社会的认可。你在一无所知，也未做任何"争取"的情况下获得国家奖学金，就证明了这一点。同时，它也表明你们学校相关奖项的评选还是客观的、公正的。

对普通人而言，虽然并不是所有努力都会得到认可或有所收获，但没有努力及相应的成效就没有获得承认的基础。

这也说明：每个人的潜能是巨大的，是可以积极而有效开发的。人们常常形容时间就像海绵里的水，挤挤就会出来的，同理，人的潜力也会在敢挤善挤中迸发出来的。你这次备考GRE不就是在正常学习、生活中挤出时间、挤出潜能的吗？

这还说明：你经受住了诸多事情统筹协调的磨炼。一个人能专注地做一件事当然好，也是公认的成功之道。但是，现实生活并不像想的那么简单顺当，往往是公事私事、大事小事、急事缓事、难事易事诸事叠加，多事缠身……考量着人们的承受力、平衡力和协调力。

　　面对纷繁事项，看谁能分清主次、权衡轻重、安排先后、分配精力，既有总体目标又有分段计划，既坚持重点又兼顾其他，既先后有序又交叉进行。谁划分得清晰，调度得得当，谁就拥有了主动，等于成功了一半，就能忙而不乱，累而不烦，顺顺当当圆圆满满地把各项事情做好。

　　当然，这是一种很高的境界，需要不断磨炼总结，方能面对纷乱诸事而有条不紊游刃有余。

　　在喜悦过后，我特别想提醒的是：切莫骄傲，也别浮躁。不要以为自己不得了了，随便学学也能得第一、拿国家奖学金；不要喜气溢于言表，心中窃喜也莫过久；不要把获奖当作包袱（而应当作动力），有了包袱就跑不动了甚至不想跑了。

　　要知道，这次评奖一揭晓，过去的一学年就结束了，大家又共同站在新学期的起跑线了；要知道，这次"意外"获奖多少得益于暑期参加竞赛的加分，而此项竞赛"幸运"（当然与你平时的成绩有关，偶然中有必然，必然中也有偶然）地落到你头上。

　　这些硬邦邦的"不要"和"要"也是我写此信的初衷和最想说的，但愿没有坏了你的好心情。

2011 年 10 月 19 日

如果丢下手机一天

"手机是我们的新器官。"北大教授张颐武这样表述手机与当今人们的"血肉关系"。

想想也是,手机可以说是站在电脑、网络肩膀上的又一勾人魂魄的新物件,似乎还很少有哪种生活用品像手机这样浸入骨髓般影响着我们的生活,以至于人们不敢回想没有手机的日子是怎么过来的,也不愿设想没有手机的未来将如何度过。

那么,如果我们丢掉或关闭手机一天会怎样?也就是说让这个"新器官"消失一天,我们痛痒如何、悲喜几何?

可能我们会因此睡到日上三竿,耽误了起床或叫起上学的孩子,导致上班、上学迟到,甚至赶不上航班……因为,不少人通常是用手机当手表或闹钟的。当然,我们也许因此而睡了一个久违了的解困觉,出门赶路时不觉得像往常那样堵车……

可能我们会因此没及时接到老板的指令,影响了原定任务的完成,甚至产生严重的后果……当然,我们也许因此躲掉了一个"烫手山芋"、一个尴尬场面,或者,由此下定了一直摇摆不定的"跳槽"决心……

可能我们会因此失去一次晚上的饭局,而这次举杯或许是一次合作商机,或许是二三十年没见的老同学欢聚畅叙……当然,我们也许因此少了一次找不着北的大醉,感到家里的稀饭、小菜原来是那么清香可口吃了舒服……

可能……一切皆有可能。

失之东隅，收之桑榆，祸福相依，得失互存。世事就是这般有趣而无奈、轮回而消长。一种生活方式的兴起往往是以某种失去为代价的，想不到、不情愿都不行。我们能做的只是直面或者趋最大的利避最大的害而已。

这就引出一个手机时代如何趋利避害的话题。人们离不了手机——抓住机会最大限度地利用它，但又不能离不开手机——守住根本适时忍痛放下它，尤其当我们深陷其中，几无精力和时间去做更紧要的事情时。所以，我们听到有人发出"放下手机，用心生活"这样似乎逆天的呼叫。用是有需要，放下是不是也有需要？

你们这一茬学生，只要家里不是特别贫寒，怕是人人都用着玩着手机，而且远没有了上一辈学生在这个年岁戴上手表、穿上皮鞋的神气劲或低调感，而且今后很长时间里手机都将是你们的铁杆伙伴。那么，手机对我们的左右、过度耽于手机对我们的影响，我们意识到了警觉起来了吗？类似手机新产品袭来，我们能以此为鉴吗？

好东西有天然的魅力、强大的引力，谁见了不动心不喜爱？只是，再有用的东西也有反作用，这有个"辩证"；再好吃的食物也不能由着性子放开肚子吃，这有个"限度"；再红火的时尚也有冷寂下来的一天，这有个"更替"……这些算不算丢不下又要丢得下手机给我们的启迪？

2011 年 11 月 12 日

生命之花凋零之后……

昨晚你告诉我们,学校里一名女生跳楼自杀了。这注定当晚的通话带着凝重。生命为重,逝者为大。

> △历史和现实告诉我们:任何企望用生命去唤醒或震动、躲避或改变社会都是短暂的有限的,用不了多久一切都会复归原样,而自己却付出了生命这最宝贵最沉重的代价。
>
> △社会生活的纷繁复杂,决定了我们既要能接受鲜花掌声,也要能承受荆棘骂声;既要能庆贺成功,也要能化解苦果。

以我之见,每一个如此结束生命的人都有其难以言说的困惑、难以摆脱的困境,或者说都有其无法承受的苦楚、无力抗拒的"缘由"。

这些是什么?外人不宜刨根问底,也不忍说三道四。

但我以一个父亲的身份揣测,几乎天下所有父母又都希望知晓一二,以作前车之鉴,以尽父母之责:提醒儿女如何消解困顿忧虑,怎样避免重蹈覆辙。

我问学校是否就此事对学生做心理疏导了,你说不知。

可能学校做了(这很好),你不知道;也可能学校因初次发生此类事件,一时不知所措,顾不上这些;抑或是这样的事多了(因为其他高校也出过,记得我们上大学时就有),需评估做不做、如何去做。

既然学生是学校、家长及社会的共同"作品",学校与社会应当做他们该做的,

我们虽然希望如此却又不能苛求,就做好家长应承担的那一份吧。

就事论事,那位同学非正常地结束生命令人惋惜,尤其在花样年华。她是因为经济困难、学习压力?抑或就业挫折、为情所困?我们不得而知。但纵有千难万苦,匆匆了断此生,对自己及家人都是无尽的遗憾和伤痛。

——生命对于我们来之不易。对一个特定的个体来说,其生命诞生得相当偶然,父母能否相识、是否牵手、结合早迟以及其他种种偶然性,都可能不是他。从这个角度来说,我们在任何时候任何情况下,都应当感谢命运在无限小的概率中赋予了自己生命,应当无条件地珍惜机缘珍爱生命。

——生命属于我们只有一次。生命是自己的,也是与之关联的家人的,尤其是父母的。率性一跳似乎"解脱"了自己,却留给父母及亲友永久的悲伤。

何况,历史和现实告诉我们:任何企望用生命去唤醒或震动、躲避或改变社会(解决问题、警醒他人等等)都是短暂的有限的,用不了多久,一切都会复归原样,而自己却付出了生命这最宝贵最沉重的代价。"反右"时、"文革"中,有多少人因为不堪屈辱或跳楼投河或上吊服毒,或独力抗争或自我了结,并未能阻止时代的疯狂、改变社会的扭曲。这样的教训足以叫人刻骨铭心。

俗话讲得好,留得青山在,不怕没柴烧。要与厄运抗争,先要生命顽强。不要指望"毕其功于一'命'",而要学会打"持久战"。只要人还在心犹坚,就有时间抚平伤口休养生息,就有机会扼住命运的咽喉。谁笑到最后谁才笑得最好。

跳出事件而言,那位同学的不幸再次向人们提出了如何直面生活的复杂、社会的不公,如何直面困难、挫折乃至失败,如何直面冷遇、责难甚至攻击……的课题,这是每个人一生都必须面对的课题。

——社会生活的纷繁复杂,决定了我们既要能接受鲜花掌声,也要能承受荆棘骂声;既要能庆贺成功,也要能咽下苦果。人们常说,公平是相对的,不公平是绝对的。这话对否暂且不论,但它确实提供了一种看待社会的角度与心态。不要指望自己时时处处事事都能得到公平的机会、公正的对待,平头百姓如此,达官贵人有时也不得不如此。

看清这一点,无论酸甜苦辣,无论悲欢离合,就会坦然淡然,而不偏激偏执,就会化解危机,而不心灰意冷。

——世间道路的坎坷曲折,决定了我们总是要与困难、挫折乃至失败相伴为伍常打交道,漫漫人生路如此,做任何事情也如此。传说中的唐僧西天取经不就历经九九八十一难才如愿以偿的吗?现实中的红军两万五千里长征不就历经围追堵截九死一生才重整旗鼓的吗?……

——人际冲突的在所难免,决定了我们时常处于非难之中,又要善于跳出。德国哲学家莱布尼茨说过,世界上没有两片完全相同的树叶。同理,世上也没有完全相同的两个人。生活环境、个人经历、文化程度、个性爱好等的差别,使每个人的思想见解、言行举止、处事方式等也有很大不同,自己不喜欢看不惯别人时,也会被别人不理解不满意,人与人之间的矛盾冲突随之而生。

在现阶段,同学的责怪、老师的批评在所难免;今后,导师、领导的训斥将会发生;再往后,对手的暗算打击也难排除。怎么办?一是重视它。有则改之,无则能解释的赶快解释,可化解的尽量化解。二是看淡它。谁能完美无缺不被人说三道四?宽容自己吧。谁能说得百分之百对?宽恕别人吧。一笑了之,泰然处之,绝不被舌头根子压倒(俗话说"舌头根子压死人"嘛)。

打败苦难挫折乃至失败潦倒的法宝是什么?我看就是两个字:坚韧。

韩信忍得"胯下之辱",终于成为大将军,帮助刘邦一统天下建立汉朝。因而后人感慨:大丈夫能忍天下所不能忍之事,才能为天下所不能为之事。

司马迁惨遭宫刑后顽强活下著成千古《史记》,是他从先贤非人遭际中找到力量:"盖文王拘而演《周易》;仲尼厄而作《春秋》;屈原放逐,乃赋《离骚》;左丘失明,厥有《国语》;孙子膑脚,《兵法》修列;不韦迁蜀,世传《吕览》;韩非囚秦,《说难》《孤愤》;《诗》三百篇,大抵圣贤发愤之所为作也。"(原谅我在此引用司马老先生《报任安书》中这么长一段话,因为这段话至今读起来仍让人激动激奋,这些人至今想起来仍令人感佩感奋。)

一代伟人毛泽东坐过"冷板凳",邓小平经历"三起三落",试想,如果他们当时自暴自弃一蹶不振,甚至破罐破摔一死了之,新中国的建立、改革开放的开启这样的历史进程,会是怎样一串问号——有没有?何时有?什么样?

因此我想说:坚韧成就自己,坚韧改变历史。(哈哈,但愿没有"撞衫"哦。)

从这个意义上说,苦难困顿不可怕,怕的是失去坚韧。有了坚韧,困苦可以扛

过去顶下来,可以作动力当财富。

  你们正处于青春时期,心智正在成长期,生活正是独立期,既面对学习压力,又面临就业竞争;既经历人际矛盾,又经营友情爱情……但,无论遭遇何等风吹雨打,不管遭受怎样千磨万击,都应学会坚韧守住坚韧,用坚韧支起精神支柱,撑起生命之花。

2011 年 12 月 2 日

年度热词告诉我们

这些年一到岁末年初,社会上(如在中国、日本甚至更大范围)流行评选年度汉字或网络热词,用少则一两个、多则三五个字词来概述或代表一年中的热点,今年也不例外。

> △控制就是一种修正,一种纠偏。社会发展、人的生活有其循序渐进天人合一的规律,超越现实超过承受限度快慢失调轻重失衡,乃至人为的加速及偏重,必然引发"过犹不及""欲速则不达"的后果。

在一些机构评选的2010年度汉字中"控""限"名列前茅,网络上"Hold 住""伤不起"等"热气"腾腾,伴随微博用户数量从2010年底的6311万个到今年激增至2亿多,"微"字也异军突起……

静下心来咂摸品味这些纷繁的网上热词、年度汉字,你会发现"控""限""Hold 住"等词语竟是那么近义、同义,或者说殊途同归、不谋而合:

控:由控制物价、控制通胀、调控房价等而起;

限:由汽车限号限行、楼市限购限贷、电视限娱限广、动车限速等而火;

Hold 住:由台湾综艺节目《大学生了没》中一网友(Miss Lin)的口头禅"整个场面我要 Hold 住"而红。其意为:保持住、控制住。

这些都表明,人们愈来愈强烈地意识到,当下社会的一些事情已超出了一定的"度",需要限制、控制、掌控一下了。

其实,世间万物,人情百态,不都有个"度"的问题吗？这既是个哲学命题,也是现实课题。大家知道,鸡蛋在一定温度下可以孵化出小鸡,高了低了都不成；饮酒小酌活血,大醉伤身；发发牢骚有利于宣泄情绪,但过了头就累及自身也刺激别人……凡此种种,出问题都出在没有"Hold 住"没有把住"度",过"限"了失"控"了。

由此看来,这些以"控"为代表的热词就不是一个简单的字词,而是一种感受一种反思,更是一种思维一种方法了。今天我们对此需要的感觉那么迫切,今后也不见得就能马放南山了。

控制就是一种修正,一种纠偏。社会发展、人的生活有其循序渐进天人合一的规律,超越现实超过承受限度快慢失调轻重失衡,乃至人为的加速及偏重,必然引发"过犹不及""欲速则不达"的后果。当然,出现偏差不可怕,可怕的是出现偏差时不能发现无力纠正。

无论是"控"也好,"限"也罢,还是"Hold 住",无外乎自控和他控两个方面。自己控制不住了,就得借助外力他控了,但一到了依靠他控的地步,往往已是积重难返濒临失控了,控制起来也就难度大代价高时间长喽。所以,控制的关键是自控,首要在自控,根本在自控意识的增强与能力的提升。

显然,学会把握住自己,把握好做事的度,控制好情绪至关重要。你尚处在青春时期,有活力有激情有闯劲,这是做事成事的有利条件。但年轻也会有偏激有单纯,也会误区多波折多,做事想问题可能会一条道走到头,为人处世可能会不顾深浅不计后果……时时考验着你"Hold 住"还是"Hold 不住"。这是年度热词告诉我们的,也是绕不过去的"控制测验"。

2011 年 12 月 26 日

知晓一点"另一面"

　　寒假期间,我提议到大市场、菜市场、城隍庙、小吃街等你不常去的地方、不熟悉的人群中走走看看。因为那里、那人可能是一座城市的另一面,是一个社会的另一极;那里、那人的情态既让人惊喜感叹,又叫人惊奇诧异——无论是川流不息的人流物流、吆喝叫卖的热闹喧闹,还是你来我往的讨价还价、斗智斗勇的竞争。那一切都是鲜活真实的,也是不可漠视的,有时还是我们不得不面对面、打交道的。

　　这是我的亲身体验和感受。就说城隍庙吧,大约30年前,依托闹市里古老城隍庙建起了小商品批发市场,个体户们南赴广州、深圳,东去温州、义乌采购来改革开放之初的新奇的服装鞋帽、电子表、计算器,那里顿时成了时尚代名词、新地标,一下子把不少人特别是年轻人从老气土气的百货商店拉了过来。

　　那时,每隔一段时间,感到沉闷了,我都会一个人去城隍庙,并不一定买东西,就是在走一走看一看中,透过这个窗口感知外面的世界:体察时代变迁的脚步,体悟时尚变化的脉搏,让自己跟得上社会生活的节拍。

　　十年八年过去,随着老百货大楼的改造升级,新商场商圈相继崛起,城隍庙风尚悄然褪色,不再独领风骚,甚至假冒伪劣商品出没频频,屡屡发生强买强卖消费纠纷,那里鱼龙混杂、泥沙俱下,那里天天喧闹、步步惊心……

　　其时,它原有的吸引力已然衰减,我该是没有太多兴趣再去了。可我仍是隔一段时间还去一下,还是并不为买什么,只是通过这个窗口见识复杂的社会:领略商品化的竞争气息,领教个性化的浮躁(躁动),让自己适应生活的变迁。

家书做伴
JIASHU ZUOBAN

  此举意在让你知道,无论何处何时,都有那样的地方、那样的人群,都有那样的生活状态、那样的言行方式,让你具有在那样的地方出入的抗体(体验/经历/底色/底气)、与那样的人群接触的经验。

  你大部分时间生活在学校、家庭,接触的是师生、亲友,进出的是万达广场、城市花园,吃喝的是面包、咖啡,近乎浸润在白领小资格调中。但是,你不会时时处处都生活在这样优雅闲适的情景中。

  大千世界形形色色,芸芸众生千姿百态。能够身处秩序井然(静谧恬淡)的场所、欢乐祥和的环境固然好,但身临复杂的地方也要能面对。

  我们要能高大上地生活,也要能接地气地生存,上得了厅堂,下得了厨房。

  对你而言,陌生或糟糕的场所、境况可能犹如"逆境",一方面,要有勇气去应对,避不开躲不掉那就只有壮起胆子,惊慌就会失措,恐惧难免失误;另一方面,要机智地去周旋,趋利避害、化险为夷,或者丢卒保车、以小换大。

  当然,有些"另一面"如同"雷池",不可越一步,比如,吸毒、赌博、偷盗、乱情……这些虽不乏神秘、诱惑,但特别需要坚持定力,守住底线,偶尔在书刊影视网络中了解足矣。

2012 年 1 月 16 日

养盆花草来养心

领你去看奶奶,特意招呼你到阳台看看她种的花草:几盆吊兰、蒜苗团团青翠,生机勃勃。

这当然不是邀你赏花,如果真是那样就与你直奔公园、花市了,而是借此建议你尝试着养点花草。无论走到哪里,无论生活在何种状态下,不妨用花花草草装点装点环境、调节调节生活。

虽说你们现在学业繁忙,又是住校,过着集体生活,难有多少闲情逸致,也不具备居家条件,侍弄花草似乎早了点难了点,但是,我想,尝试养养花草,更能磨炼性格陶冶性情,更能生发爱心耐心感悟人生。

有些医学专家对种养花草与防治疾病的关系很感兴趣,他们研究发现,芬芳扑鼻的鲜花对忧郁、焦虑、妄想和恐惧等症状具有特殊疗效,可使人心情舒畅,性格开朗。于是,养花赏花也被誉为一种"心理按摩法"。

"心理按摩",好妙的形容和定位。肌体的疼痛可以凭借双手或器械直接按摩缓解,心理的伤痛巧手也无法抵达,通常人们借助的是欣赏音乐、书画之类精神意识层面的潜移默化,现在看来还有看得见摸得着的花草可以显显身手了。

养花虽然只是营造一簇一片绿意,却能抚慰心情。

爱心。任何花草植物,都是一种自然,一种生命。你在养护它们时如同在与自然亲近,与生命对话,体验生命的艰辛、生长的欣慰、枯萎的痛惜,让自己在融入自然相伴花草中,滋养出爱心,升华出责任,领悟出生命及人生的意蕴。

奶奶年过八旬,仍愿养花弄草,其内核是不是生物对生命的认同、生命对生物的互励?这是不是生物的本能、生命的本性?

耐心。养盆花草很简单,记得浇水也许就差不多了。但养好它们并不那么容易,你要经常浇浇水、晒太阳,还要经常松松土、施施肥,遇到发黄枯萎、生长缓慢的还要找找原因,"对症下药"。

同时,盆栽花草不像树木、庄稼、蔬菜长得旺,甚至可以来个"速成",一两个月都可能没多大动静,一年半载没长多少也很常见。因此,需要有耐心和恒心,需要坚持和细心。人生的美酒、事业的成就不也如此,有赖恒久的酿制、默默的跋涉?

静心。裹挟在高速节奏中,浸润在浮躁氛围里,人们时常心绪纷乱,焦虑烦躁。这时"偷得浮生片刻闲"(改造了一下唐代诗人李涉"偷得浮生半日闲"诗句),欣赏自己种养的花草,遐想它们可以长成的模样,或者是啥也不做、啥也不想,只是默默地对着花草发会儿呆,也许能静静心、宁宁神,脱离喧嚣,抛却烦恼,放松心情,休息大脑,达到以静制乱,宁静致远。

……

其实,养花只是方式,养心才是本质。

2012年2月20日

付出得到等一个机会对接

——并不是所有的付出都能够得到。因为可能你付出的成效不明显,或你付出的努力别人不知道,抑或是有人根本不看或看不上你的付出;

——并不是所有的得到都来自付出。因为有人可以凭借权力、金钱以及"潜规则"不劳而获或少劳多获。

△当我们没有别的捷径可走时,那就先付出再等待机会吧,或者说为了抓住机会我们必须学会先行付出。

但也不必为有这样冷酷的现实而心灰意冷,因为总体上付出与得到是成正比的,尤其是在面对相对公平的环境与竞争时,付出往往就在等一个机会与得到对接。如2月NBA(美国篮球职业联赛)赛场奇迹般火起来的林书豪;如你刚刚参加的托福考试,等等。

寒假结束你返校后,见到家里书桌上你清理出的约一两寸厚的草稿纸,我还想看看是否有没用过的好留作再用,结果一翻,几乎张张或密或疏地写着英语,不由得心生感慨:假期里你真的用功,复习量真的很大。

回想这个假期,为迎战2月11日的托福考试,20天里你几乎天天足不出户,挑灯夜战,如"苦行僧"般把自己关在小屋里听、读、写、测试。我们多次要拉你去散散步、打打牌,放松放松,你都因不想占用或割裂了整块时间而作罢。我们只有尽

力做好后勤,来让你保持良好的心情与充沛的体能。

如此的付出,在托福这样的竞争中应当有个好消息,我相信。

因此,当你忐忑等待托福公布分数时,当你上不了网焦急让我们帮助查分时,我们总是轻松地说不要急、别担心。因为,根据你的英语水平、准备程度及考后感觉,我曾猜想可能在108—112分之间。结果出来,是比预想的还要高的114分,离满分120分只有6分之差。

祝贺你在超常付出后得到这样的成绩,它让你在申请留学时多了一些空间和选择。

相信你在付出后得到的不仅仅是成绩,还有启示:艰辛的付出在适当的机会中会有丰硕的回报的;当我们没有别的捷径可走时,那就先付出再等待机会吧,或者说为了抓住机会我们必须学会先行付出。

这些启示的价值不亚于成绩,我以为。

2012年2月26日

总理之"痛"你我有之

3月份值夜班,全国"两会"报道是重点,而会后总理答中外记者问乃"压轴戏",万众瞩目。因报道需要,我是即时看了现场直播,继而看了网络文字直播,后又看了新华社电稿。

在诸多印象深刻的内容中,有一个最为震撼最多感慨最久萦绕……当回答如何看待网民批评声音时,他"情绪复杂"(至少我这么感觉)地说:"在我担任总理期间,确实谣诼不断,我虽然不为所动,但是心里也不免感到有些痛苦。这种痛苦不是'信而见疑、忠而被谤'的痛苦,而是我独立的人格不为人们所理解,因而我对社会感到有点忧虑。我将坚持'人言不足恤'的勇气,义无反顾地继续奋斗。"

△我们的网络在畅所欲言的同时,也确实有不少流言蜚语;我们的社会在尊重个性化的同时,也确实少了些友善多了些自我。这就是当下的现实,个人往往无力回天也无法回避。

大国总理在这样一个中外舆论场坦言"确实谣诼不断""心里也不免感到有些痛苦""对社会感到有点忧虑"……这不能不令我们深感震撼,也心生苍凉,为他的坦诚,也为他的无奈。我私下揣测,他在说这段话时大概是百感交集,尤以"悲怆"最重吧。

我注意到,记者会后大多数媒体的报道、大多数网民的议论并未落脚在或未涉

及总理的"痛苦"和"忧虑"。这,真的让人"痛苦"和"忧虑"啊。也许在很多人看来,网络生态和社会环境业已演变成如此,这没什么好"痛苦"和"忧虑"的。

我们的网络在畅所欲言的同时,也确实有不少流言蜚语;我们的社会在尊重个性化的同时,也确实少了些友善多了些自我。这就是当下的现实,个人往往无力回天也无法回避。

由此联想你我他,谁人无非议?既然在现实生活中别人的议论指责甚至造谣污蔑躲避不了,那么该怎么办?

首先,不必大惊小怪,惊慌失措。当今总理、昔日圣贤尚难避免,何况你我这等平民百姓?俚语称,人嘴两张皮,咋说咋有理——讲你像一朵花,有一天讲头;说他似一坨屎,有一地说法。对此孔圣人早给出对策:"君子坦荡荡,小人长戚戚。"心胸开阔,包容万物,坦对非议,安然处之。

其次,值得警觉重视,三省吾身。自我审视是否有非礼之言无理之行,有则竭力改之,无则尽力加勉;能解释的赶快解释,该检讨的真诚检讨,及时消除误解,取得别人谅解,争取营造"人和"的环境与关系。

最后,尽管自己走路,让别人说。"清者自清,浊者自浊。"如果问心无愧,那就泰然自行;既然解说无效,那就随它去吧。天要下雨,娘要嫁人,没有办法就只有不想办法了。谁人背后不说人,谁人背后不被说?还是写了《神曲》的意大利诗人但丁老先生说得好:"走自己的路,让别人去说吧。"

2012 年 3 月 18 日

从"快起来"到"慢下来"

今年全国"两会"最吸引眼球的看点之一是,温家宝总理在《政府工作报告》中宣布今年国内生产总值(GDP)增长速度调减为7.5%,为中国8年以来首次不提经济增速"保八"。

尽管诸多人士预计今年很大可能还会"超八",但从国家层面主动提出降速,仍给人们强烈的信号——现实要求不能无节制地快了,同时也是对民众呼声的回应。

联想到去年"7·23"甬(宁波)温(温州)线动车追尾事故后,温家宝在答记者问时就表示过"不是越快越好"。

其实,基层的民间的"避快"言行已屡见不鲜了:2011年初绵延两千多公里的广东"珠三角绿道"(又称"慢道")修建贯通,因其低碳、绿色、慢行等为人称道;同年6月,合肥市规划将步行街旁的中菜市改造为商业街区时,"慢行"就是其两大定位之一;震惊中外的动车事故之后,民众对"高速之痛"更是议论纷纷、忧心忡忡。

……

经过二三十年的"快起来"之后,"慢下来"的呼声一片。

"一万年太久,只争朝夕""深圳速度""时间就是金钱"……新中国成立以来,国人太想甩掉一穷二白、贫穷落后的帽子,从"十五年赶英超美"到"大跃进",从高速公路到高速铁路,从GDP情结到成为世界第二大经济体……中国创造了当今世界高速发展的范例。

当然,国人在享受飞速发展成果的同时,也真切地感到人及所处的社会、区域已越来越难以承受快速之重了:自然——日趋严重的环境污染,日见恶化的生态平衡;人——日益加剧的亚健康,日渐低落的幸福感;社会——急于求成急功近利,盖楼抢工期争第一,变革一时无效匆匆变招……自然在呻吟,人们在焦虑,社会在浮躁。

孔子有一句名言叫作"欲速则不达",它告诫人们急于求成往往事与愿违。人的生理、精神只能与一定的速度、压力相匹配,两者脱节两相背离,人及所为难免屡撞"南墙",带来更大的停顿更大的伤害。

中华"天人合一""天人以和"思想与文化,始终强调人与自然的和谐(天、地、人)统一。人生活的要义不只是快,而是身心愉悦、因地制宜、顺时作为,是与自然、社会及自身和谐共存,协调发展。过多过久地超越自身机能及自然规律的行为,迟早会为此付出沉重的代价。

你,现正身处飞速发展的时代、竞争激烈的社会、跃跃欲试的年纪、群星竞辉的校园,裹挟其中,想"慢下来"都难。但,正是在这样的大背景里,自主自控的"慢"更彰显掌控大势的意识、调节自我的能力、从容淡定的成熟。

文武之道,一张一弛。无论当下学习还是今后工作等,看准的当然要去尽快做全力做,跳一跳能摘到的桃子当然还要尽力摘。但也要快慢有序,张弛有度,劳逸结合,虚实并举。既不因迟缓而空耗生命,也不因急进而不堪重负。不为快速所累倒,不为重荷所压倒,认真而轻松做事,创造并享受生活。

欲速则不达,张弛当有度。是也。

2012 年 3 月 27 日

求助不丢人　借力亦智慧

人不是神,没有三头六臂不能包打天下;人的各项能力,就像其五个手指头不一样长。因此,每个人再如何能、如何强,都会有一时过不去的坎、解不了的难。

△面对难题你会怎么办?当然首先立足自身去化解,然而能称得上是难题的多半也是自身难以破解的;那么退而求其次求助借助别人未必不是一条有效路径。

△求助、借不是要低三下四、卑躬屈膝,不是要没有原则、放弃底线,也不是要不择手段、损人利己。而是要向乐于助人者求得支持,向值得钦佩者寻求点拨。这是一种克服困难化险为夷之道,也是一种柳暗花明豁然开朗的生存智慧。

面对难题你会怎么办?当然首先立足自身去化解,然而能称得上是难题的多半也是自身难以破解的,那么如何是好?退而求其次,求助别人未必不是一条有效路径。

可一说到求助,许多人就会面露难色:"我最不愿做的事就是求人""求人不如求己"……人们总是觉得求人首先在心理上"矮人一等"了,其次,害怕被拒绝而没面子,再次,忧虑欠了人情今后要还或无力还。这些心理阴影使许多人羞于求助:张不开嘴,低不下头,更不要说大胆地、自然地求助别人了。结果只能像歌里唱的那样"把所有问题都自己扛""独自一人流泪到天亮"(台湾歌手任贤齐《心太软》歌词)。既解决不了问题,又自己备受煎熬。

说实话,我也是这样的人,也是这样的心态。有"事"为证哦:1978年春节后,为尽早知晓1977年高考结果,我从舒城县城匆匆赶往插队的龙河口(时为公社),只因实在是拉不下脸来放不下自尊求人,几番简单地招手拦不到肯捎个脚的车子,便一个下午狂奔四五十里路,终于第一时间在公社邮局追到报考学校寄发的录取通知书。

我是如此,你呢?遗传会不会带给你相似的习性?

从自立的角度说,中华民族的传统是追求独立自主、独善其身,推崇靠自己,鄙视依赖人。所以,当一代伟人毛泽东振臂发出"自力更生,奋发图强"的声音,即刻乃至长期在亿万国人中引起共鸣。应该说这种传统、文化及精神是我们的传家宝,今天仍应当作第一位的选择。

但是,按照事物变化由内因与外因共同起作用的观点看,求助人——注重外因——也不应一概踢出门外拒之千里,而且,有时它真的能产生峰回路转起死回生的奇效。

实施求助要过两个"槛",一是不愿求助的心理羁绊,二是如何寻找求助对象。其中选择或寻找合适的求助对象虽然难,但只要多思考、善尝试还是有可能办到的(这里就不讨论了),最难的则是克服不愿求助的"心魔"。

心理专家卢悦认为,求助是坦诚地表达自己的需要,是善待自己的一种做法,要学会如何与人交换利益,学会如何双赢地生活。为此他创新了"脱敏疗法":从自己最易接受最小的求助试起,如问路,然后逐渐加大难度练习,最终达到能够正常地求助与受助。

确实,在生活中情绪自控不好时、有坎迈不过去时,勇敢地寻求知心朋友、热心领导或心理咨询师的疏导与帮扶,结果往往会大不一样。那么,我们何必不去试试呢?

一说到借力,多少会使人联想出权谋的味道,但借力更多层面上是不是借脑借智的含义?比如,你有问题不懂请教高人,政府部门延请"智囊团",单位聘请法律顾问,等等,不都是借助别人的智力嘛。

在现实生活中,再高明的领导、再能干的员工、再有能力的专家,也有不懂的不会的做不了的做不好的事,借力不丢人,相反却显示出务实与谦虚、灵活与聪慧。

同样,借助领导的重视或推动,借助群众的呼声或建议,去完成肩负的事项,实现预定的目标,未尝不是一种策略、一种方法。

中国人做事喜欢讲"天时、地利、人和",这些都是外在的条件或者说力量。当它们有利时,就要抓住机会,顺应天时、凭借地利、运用人和,往往能胜券在握甚至事半功倍。

兵法中的"借刀杀人"之计也是借力。"借刀杀人"确实是角力的计谋,坏人用它残害忠良时是诡计,英雄用它除暴安良时是妙计,就看谁来用、怎么用了。

当然,求助、借力不是要低三下四、卑躬屈膝,不是要没有原则、放弃底线,也不是要不择手段、损人利己。而是向乐于助人者求得支持,向值得钦佩者寻求点拨。这是一种化险为夷之道,也是一种豁然开朗的生存智慧。

这里我想忠告的一点是,在他人有此类需求时,自己力所能及的话也当伸以援手。如此,彼此相互帮扶,携手共渡难关,岂不善哉美哉?

求助不丢人,借力亦智慧。对此没啥不好意思,也甭有心理障碍。

2012 年 5 月 21 日

谁都会有段"晦暗的日子"

每个人都可能有段"晦暗的日子",只是程度不同长短不一而已。这是我最近向两位先后突陷人生低谷的友人重复说过的话。它源自实例观察,也源自切身经历,其中有浓厚的同情与宽慰,也有浓烈的无奈与喟叹。

在你尚无法感同身受之时,在你22岁生日之际,提前跟你聊聊我对别人说的"语录"是想表达:人生之路并不都像期望的一帆风顺,谁都可能遭遇"晦暗的日子",以及那样的"日子"真的来临时又该如何走过。

生活不会一帆风顺,坎坷曲折在所难免。这点道理对你来说并不难理解,对你辈来讲甚至也是老生常谈。但现实中逆境一旦降临时,会不会又不免情绪低落心灰意冷,又不免困惑"为什么"是这样?

其实任何坎坷曲折主要来自内外两方面:一种是自身失误所致,比如情况失察、判断失误、应对失当等等;一种是外界相加造成,比如误解冤枉、指责中伤、陷害打击等等;甚至,有时竟是飞来横祸:比如"站错队受牵连"、制度规定的牺牲品、阴差阳错"躺着也中枪"……我们能做的只有内修自身,外防意外,最大限度地减少失误降低风险。

那么,"晦暗的日子"真的袭来时又该如何面对怎样化解呢?有3句话或许值得记住:

"挺住"———一切都会过去的。这句话是我常常给自己和别人开的"药方":一切的一切都会随着时间的推移而淡去。换言之,时间是最好的"疗伤剂"。

一方面时间能风化掉压在心头的石头、风蚀掉残留在身上的伤痕,再沉重的痛楚也会被时间冲淡;另一方面时间能转化出时机,风雨晦暗之后总有云开日朗,比如,你有机会远离伤心地或伤你的人走了、规则改了政策变了你有出头之日了。

时间疗伤也好,时机疗伤也罢,都是以时间换空间,如同寒冬蛰伏需要忍耐,而忍耐是孤独的痛苦的——不能说没处说。怎么办?唯有"挺住",一切才能再来。无论从消极还是积极说,这算是"晦暗"乍来时最无奈也是最有效的办法了。

"坚持"——生活还要继续的。似乎谁说过,快乐的日子总是觉得短暂,而伤痛的日子却显得那么漫长。其实,这个"漫长"是缘于我们沉浸在痛苦中久久不能自拔,总觉得天塌了地陷了一切都完了,痛不欲生。正如加措活佛悟道说的:沉溺于过去的痛苦是最大的痛苦之源。

一次挫折打击,并非世界末日,也非人生终结。曾经在新疆塔克拉玛干大沙漠北缘看到大片胡杨,它们或昂首摇曳,或矗立枯死,或倒下不腐,第一感觉就是震撼惊叹:胡杨在那样恶劣的风沙环境中"生而不死一千年,死而不倒一千年,倒而不朽一千年",茫茫自然中渺小生物也有如此坚挺的躯干和不屈的灵魂。

风雨过后太阳照常升起,生活还将继续。抖落尘土,抖擞精神,该吃吃该喝喝,面带微笑,活出一个打不垮拖不烂的样子,给自己看也给别人看。

记得很久以前我曾向你推荐过一篇文章的标题,其大意是"笑着迎接生活的敲打"。就是想借他人之口告诉你:谁都会受到"生活的敲打",却需要我们"笑着迎接"。我想这个"笑着"实际上是一种面对,坚强坚持;也是一种自信,不屈不服。

坚持是难挨的耗神的,凭信念靠毅力。但"最后的胜利,往往就在再坚持一下的努力之中"。坚持就是胜利,逆转来自坚守。

"翻转"——改变是靠自己的。如果说"挺住"阶段是最难受的、"坚持"阶段是最难熬的,那么,"翻转"阶段则是最难做的,但也是最要做的,不然之前的一切就全都白受了。

《你要去相信,没有到不了的明天》一书说道:"这个世界上没有不带伤的人,真正能治愈自己的,只有自己。"我认同这样的观点。虽然我也向你推荐借助外力帮助、找人倾诉泄压、寄托时间风蚀、等待时来运转等等解脱困顿的途径,但我更相信自己是攻坚克难的内在动力和最大能量,任何改变的力量与可能都源于

自己——

　　首先要勇于改变。"晦暗"到来也许我们控制不了,之后也许不得不逆来顺受一阵子。但最后我们绝不能就此趴下,自甘沉沦,还要爬起来,昂起不屈的头颅。也就是说,在咀嚼了痛苦、抚平了伤口、积蓄了力量后,还是要打破困局,走出僵局,开创新局。

　　其次要善于改变。有了改变的决心,随之就要想方设法采取行动:抓住每个可能的机会,为改变找到突破口;主动出击大胆尝试,不试就没有改变的可能;忍受冷脸忍受碰壁,用坚忍顽强去赢得同情赢取转折。

　　如果说遭遇"晦暗的日子"是内外因素所致的话,不妨多找找内因吧。它至少说明我们自身可能出了什么问题:没能准确应对事物,或是说没有妥当适应社会。我们不一定能改变社会,但可以改变自己。那就以此为契机来改变自己:总结教训,提高能力,从头再来。

2012 年 7 月 11 日

我的大事"我做主"

眼下对你而言,出国读研还是国内保研是个颇费思量的选择,因为各有利弊,都有诱人的一面又都有缺憾的一面,用句场面上流行的话说是,机遇与挑战同在,风光和风险并存。

人的一生就是不断选择的过程,时时处处面临许许多多的选择,大大小小轻重缓急各不相同。而这次选择对你来说可谓迄今为止最重大最关键、自己参与程度最大的一个,考量智慧和缜密,考验胆识和勇气哦。

每次选择都是一次人生考试、能力测试、决策尝试。因此,这次选择重要的是采用多种选择形式做出合理的决定,同样重要的还有学习总结各种选择方法,在选择中学会选择,提升选择的能力。

收集听取意见,集思广益——

听听家里人的。家人是最与你利害攸关的,一损俱损一荣俱荣。父母有丰富的生活阅历,是汲取经验获得帮助的宝库,何况他们又对子女最慷慨最体贴,这样的无形资产不用白不用啊。当然,父母的经验难免带有历史的局限,加之两代人思维的差异,其见解你未必能入耳。但听听总不坏吧,哪怕是唱了反调,至少知道还有另一种思路看问题做选择。

听听师友们的。老师可以说是除家人外最了解你(们)的人,虽然他们和学生交集的时间少则一年半载多则三年五载,但职业特性决定了他们能洞察学生的秉性、潜能和未来走向。记得你高中文理分科时,我们特意征询了你的班主任老师,

他就给出很中肯的建议,也给你学好理科增添了不少信心。

学友则是最与你经历相仿的人,相近的眼光相似的思维相当的信息,使他们的见解会更符合你的实际,适合你的口味。如果能不让激情和冲动淹没理性和严谨,那也会是不错的参考。

听听亲历者的。亲历者是最有发言权的人,他们的亲身经历最实用也最有针对性,尤其像对出国留学这样一种全新生活模式,大多可作为你取舍进退的借鉴依据。只要留意莫把特殊个例当作普遍适用、不盲目复制克隆,根据自己的情况为我所用,常常会事半功倍。

模拟沙盘推演,研判利弊——

"沙盘推演"作为军事术语,是指在战前综合所有情报在沙盘上模拟实战推算演练,看似"纸上谈兵",实是谋划在先,事前研判是否可行、有何漏洞,预估问题、设计对策。

有趣的是,"沙盘推演"渐渐"军民两用",被推展用于军事以外领域也屡见报道,如台湾政坛上各派遇大事难事也常用沙盘"推演"一番,权衡得失,见招拆招,选择出自己的应对之道。

此法的好处在于把收集到的多方信息、分析出的可能情况全摆到桌上(沙盘、地图、资料等),再周密细致地分析情况、推演走势、研判问题、权衡利害,从而胸有成竹因地制宜地做出最佳选择乃至备用方案。

权作此次选择参考和此种方法示范,我也为你来了一次"沙盘推演":列出保研与留学各自优劣,进行直观对比,做出未来发展评估……你看看吧。

最后自己决定,不怕不悔——

别人的意见包括父母的看法,可供参考,加上自己的思考,最后主要由自己拿主意,进入"我的地盘我做主"的状态了。在自己决策时,我以为:

不要患得患失。早年听说过这样一个"不要怕,不要悔"的故事和箴言(不知你是否也知道),并被人们演绎为"35岁以前不要怕,35岁以后不要悔"的警句。深以为然,也曾向别人推荐过。我学地质4年并从业10年,在35岁时毅然转身走进新闻界,其时,并非没有顾虑:放弃学习、工作达14年打下的业务、人脉根基是否可惜?非科班出身跻身思维行为方式迥异的人文社科领域能否立足?然而,"不要怕"让我义无反顾,"不要悔"让我淡然面对得失。从事新闻后全新的人生阅历,足以弥补因为转岗职称、房子等或耽误或损失,何况最终所拥有的这些外在的东西并不比不转岗差。任何得到都可能是以失去为代价的。是这个理吧。

对年轻的你而言,做任何事情,只要是看准的——利大于弊的、没有危险的、不违道义的,就不妨大胆地试大胆地闯。不试不闯,什么可能都没有;试了闯了,虽未必一定成功,但不留遗憾青春无悔,起码增添了一份弥足珍贵的人生体验。

听从内心召唤。在调查分析、权衡研判后,如果发现得失相当、利弊相伴,仍难选择取舍时,或可听从自己内心的召唤(或曰"跟着自己的直觉走"),即看看内心最想什么?第一感觉是什么?问问自己能否放下最初的、内心的愿望,如果放不下,那就不妨试试以它作为首选吧。因为,内心直觉并非总是正确的,但却总是最本能的最鲜明的,往往也是最热爱的最适合的。有时囿于外界原因没能紧随内心召唤,往往会懊悔很长时间甚至一辈子。这是许多人一生的教训。

毋庸讳言,自己拿主意,就要有勇气和坚韧去面对一切结果担当一切苦果:既要享受决断正确、实施顺利的喜悦,更要承担选择失误、遭遇困难挫折甚至失败的痛苦。因为任何事情都有不确定性,尤其是外在因素往往非本人能控制。这或许也是成长成熟无法逾越的经历和无从回避的代价。

2012 年 8 月 16 日

当"恋爱"来敲门……

用句八卦的话说:"今夏,你的'恋情'浮出水面。"请允许我在此时将"恋爱"及"恋情"加了引号,估计你还处于似恋非恋、有好感不确定的"初级阶段"。

△既要沉浸在相恋中彼此了解,又要跳到相恋外相互审视,客观地弄清对方的长短处、表明自己的优缺点,看看哪些是自己及对方可以接受的,哪些是自己及对方不能忍受的。从而做出理性的选择。

闻知此情,我们说不上惊讶,也说不上兴奋。在当今什么都风行"趁早"(诸如出名要趁早、出国要趁早……)的情形下,你如今出点"恋情"也是没啥好大惊小怪的。而且,相对于你们在大一大二就谈的,甚至谈了几次的更是"小巫见大巫"了。

从内心里说,我是不赞同大学生过早谈情说爱的,虽然现在所谓的"剩女现象"已普遍存在了。

对你们这批"90后"的孩子来说,跨进大学门只不过是刚洗完了"成人礼",心智真的像"早晨八九点钟的太阳",或是像刚烧到八九十度的热水,还难以称得上足够成熟足够强大,对爱情这个世界上最复杂的问题更难免误判误处。因为,这里面的变数太多太多:

——大学生刚由家庭为主的个体化生活变为以学校为主的集体化生活,由亲情的弱化变为友情的强化,频繁的交流,就特别容易形成友谊,也特别容易当成感情了；

此谓"无意识相恋"。

——而且,有些学生还是出于显示自己有能耐的心理,谈起"生吞活剥式"的恋爱,脚踩西瓜皮谈到哪算到哪:朝三暮四,见异思迁,转身即寻新欢;浅尝辄止,一事不合,扭头便说拜拜。如此动机,那就是成不成无所谓或者压根儿就没打算成;

此谓"无真心相恋"。

——更有毕业就业、出国留学、考研读博等等人生重大选项的不同,都会成为婚恋的"海关"。虽然现代人已处于信息化、"地球村"式生活状态,异地、年龄、学历、职业等等差别都看似不是问题。但,仅仅是地理上的距离就往往最终演化为心理上的距离,致使恋情无疾而终的实例也是屡见不鲜。学生相恋并非绝对没有"修成正果"的,不过其总体成功率相对很低。

此谓"无可能相恋"。

……

记得你上大学前我曾表达过大学期间不要谈恋爱的看法。当然,你刘阿姨等友人出于好心也与我探讨过此建议的利弊,出于尊重多元看法和平衡宽严,此后我也没再对你强化这一观点了。但是,我想,你近几年里,连续3年拿到国家奖学金,获得外校保研资格,一次性通过英语四、六级,GRE、托福并考得高分……个中因素固然多多,恐怕也多少托了恋爱没有过早光顾、能够平心静气甚至"清心寡欲"面壁而学的福吧,至少,客观上较少为此劳神分心、占用时间吧。

德国大诗人歌德说过:哪个男子不钟情,哪个少女不怀春。中国老辈人常说:男大当婚,女大当嫁。中外前人不约而同说出的广为流传的话表明,青年男女谈情说爱是不可回避的人生环节,那我们也就不必讳言了。

当恋爱季节来临,恋情就如同"洪水"(如调节不好则可能演变成"猛兽"哦)奔腾,与其堵不如疏。因此,也贡献几"点"疏导之见,作为调控参考——

显点真诚。为人、处世、做事要讲真诚,何况谈情说爱所建立的是要比一般相处更密切的关系。开诚布公,行就行不行就不行,双方对上眼就相处,一方把头摇就好说好散。谁也不欠谁,谁也别怪谁。

时下流行一个说法叫作"谈一次不以结婚为目的的恋爱",其善良的本意是在

恋爱中学会恋爱，似也有些道理。只是不知两个如同戴着面具的青年男女如何在"交谊舞"中不误踩对方的脚？也不知一方以另一方为试验对象的真相大白时将如何面对结局？更不知两个懵懂简单或者激情奔放的年轻人如何把握住恋爱与婚姻的临界点？

讲点平等。中国传统中是男强女弱，西方世界里有女士优先，这是人类社会及文明的一种特征。因此，在男女相处过程中，男子保护或谦让女性也就不足为奇了。然而恋爱是特别的男女交往，平等对待尤显特殊价值。不能因为你是女孩子，就可以像一些人那样颐指气使地要求人家付出，心安理得地享用对方埋单。许多恋爱纠纷就是男方遭遇分手时觉得亏大了而由爱生恨，直至情绪失控行为过激。

同时，恋爱时的不平等一旦婚后很容易打破平衡：男方可能会随着恋爱大功告成，不由自主地释放长期压抑甚至扭曲的言行方式，对女方表现出"从奴隶到将军"（多年前的一部红色影片名，后来常被引用来形容这种状态）效应；而女方则可能不适应男方的"前恭后倨"，失落、抱怨挡都挡不住。如果双方不能及时建立起新的平衡或平等，那就不免嫌隙与日俱增"战事"连绵不断。

唯有平等的意识，才有平等的行为，在男方强的方面获得其帮扶，在自己长的领域也给予其帮衬；唯有平等才能倾听彼此不同的声音，才能求同存异达成彼此认同的共识。

留点理性。人们说，恋爱中的男女智商起伏不定，甚至可能很低，男子易如"疯子"，常常会别出心裁标新立异做出匪夷所思之举动：死缠烂打、石破天惊……女子易像"傻子"，常常会一叶障目做出缺乏理性之判断：痴迷轻信、犹豫摇摆……

俗话说"情人眼里出西施"，它表明此时双方的思维已是单向的片面的了，往往只看到对方的"俊"（包括只展现自己的"俊"），进而"以一俊遮百丑"，结果导致"不识庐山真面目"，原因就是"只缘身在此山中"，陷于"情中"昏了头脑丢了分辨。所以，既要沉浸在相恋中彼此了解，又要跳到相恋外相互审视，理性客观地弄清对方的长短处、表明自己的优缺点，看看哪些是自己及对方可以接受的，哪些是自己及对方不能忍受的。从而做出明智的选择。

守点自尊。青年男女热恋如同煲一锅靓汤，需要细心文火熬制，过火了一不留神就会开锅潽溢：热血沸腾、神魂颠倒、死去活来……把所有狂热举动都当作爱施与对方。冷静下来才醒悟失了自尊越了底线，追悔莫及。

己所不欲，勿施于人；人所不欲，也勿施于人。

恋爱是需要互相尊重和自我尊重的，其中，女性的自尊自重尤为珍贵。大可不必羡慕别人的轰轰烈烈，不是所有的果实都可随时吃，不是所有的给予都是显示爱。耐得住寂寞，守得住底线，爱情之水方能细水长流浇灌幸福之花，润物无声滋润和谐之果。

2012 年 8 月 20 日

且慢谈"吹"色变

吹嘘、吹牛,说大话、说虚话,能说会道、云山雾罩,夸夸其谈、口若悬河,三寸不烂之舌、死的也能说活……凡此种种,被人视为能吹,也为人侧目摇头。

△现实生活中,正常的"吹"即必要的介绍、推广、宣传是免不掉离不了的,它常常是事情的促进剂、工作的推动力,同时,也是个人基本能力的一个方面。

△且慢谈"吹"色变,暂莫与"吹"两立。可以坚持原则守住底线,也能灵活变通适度接受,不绝对不死板,立体做人行事,岂不更好?!

你似乎对"吹"有着与生俱来的反感,进而对你认为与"吹"有"染"的事项、行当啧啧言烦。厌烦"吹"并退避三舍,人各有志人各有异,秉性所在无可厚非。只是我们还需要廓清有关"吹"的界定,辨清对待"吹"的方式。

你所看到所认为的"吹",我想大致分3类:一是真正的吹嘘;二是难免的宣传(或有"吹"的成分?);三是必要的推介。

如果是这样,你所划作、归类的"吹"是否划的圈大了、归的类多了呢?

对于推介,实在是个人与团体、地方与国家确需的自我介绍,是正常生活、工作、交往的一部分;对于宣传,只要真实、适度也是能让人接受的;只有无中生有夸大其词的吹嘘才是真正要反感的、杜绝的。

你对吹嘘吹牛反感厌恶,不愿同流合污,甚至势不两立,是正直、求实、纯粹的人生态度和性格本色。但需要注意的是,不要一概否定。扩大化绝对化了,既不是应对世事的合情合理方法,也会给人留下不食人间烟火、清高自赏的苛刻印象,从而陷入众人"敬而远之"的"孤家寡人"或"另类异族"境地。老话"水至清则无鱼,人至察则无徒"说的就是这个道理。水太清了,鱼就无法生存,要求别人太严了,就没有伙伴。现在常用来表示对人或物不可要求太高。

此解释里有个关键词"太"(即原话中的"至")字,实际上是一个度的把握,"太清""太严""太高"了不行,待人处事应当少苛求、多宽容。过分要求他人的一言一行都符合自己的意愿和标准,容不得他人性格上的差异、处事上的差别、习惯上的不同是不现实的,每个人都不是克隆的,永远无法人人相同,差异、冲突、矛盾是必然的。唯有面对,只有妥处,即求大同,存小异。

当然,没有必要放弃原则丢掉底线来换取"人缘""伙伴"(即"徒")。同时,这也并非原话的本意。

现实生活中,正常的"吹"即必要的介绍、推广、宣传是免不掉离不了的,它常常是事情的促进剂、工作的推动力,同时,这也是个人基本能力的一个方面,几乎无人可以完全置身"吹"外或与"吹"绝缘。不信你看:

美国总统竞选,共和、民主两党候选人各有庞大的团队,其重要的职责不就是宣传鼓动、争取选票吗?苹果手机 IPhone4 上市时,醉心于技术研发和管理的乔布斯先生不也是走上前台卖力推介吗?单位公司的规划设计项目审查通过或竞标采用时,不还是需要最能说到点子上的主创人员唱主角宣介吗?

当然,每个人都可以根据自己的思维、特质、秉性选择"吹不吹"。如果你真要走不"吹"之路,一方面可以尽量在工作与生活中争取这样的机会,安享内心的宁静;另一方面也要能够甘于寂寞,坦然接受不"吹"的后果("性格决定命运"嘛):平心静气地做着幕后事务(甘"为他人作嫁衣裳"),心如止水般看着他人在台前潇洒展示,而自得其乐自行其是、心无酸楚口无怨言。你是否做好了这样的心理准备?你是否确信能持久拥有这样的心态定力?

虽然中国成语说"江山易改,禀性难移",但我仍然认为,禀性尽管难移,也绝非铁板一块,绝非丝毫不可改变,人是一切关系的总和,是社会环境的产物,必然留有时代的烙印,带着环境的痕迹,只是主观与客观的差异,使每个人有意无意地改

变程度不同而已。

　　因此，我仍想建议，且慢谈"吹"色变，暂莫与"吹"两立。可以坚持原则守住底线，也能灵活变通适度接受，不绝对不死板，立体做人行事，岂不更好?！

2012 年 8 月 26 日

歇歇脚又何妨？

这一两年,一个愿意坐在路边鼓掌的小女孩的话题不时为人们提及,尤其是在浙江省高考作文题将此放大后。

△有意识、有节奏地歇歇脚,路边定定神、看看景、鼓鼓掌,或许也是奋进一族跋涉中的一种主动调整与自我完善呢？

△歇歇脚、看看景似乎也是一种行进的哲学、生活的智慧:追寻之路漫长坎坷,需要疾徐交替,张弛有度,停片刻内省喜忧,静一会儿外鉴得失,调节身心,修炼性情,方能行久走远。

其大致的情况是,台湾作家刘继荣四五年前写的散文《坐在路边鼓掌的人》说,她读中学的女儿(注:其原型是她的儿子,并加入另一位女孩的情节)成绩一直中等,但却被全班同学评为"最欣赏的同学",理由是乐观幽默、热心助人、守信用、好相处等。她对女儿开玩笑说:"你快要成为英雄了。"女儿却认真地说:"我不想成为英雄,我想成为坐在路边鼓掌的人。"

恰巧,2012年浙江省高考语文卷作文题就是要求以这篇散文及网民议论为背景材料写一篇文章。随之引起了更大范围的关注和热议。

至此,这一话题已演变为一种生活选择、人生观点了,也延伸为一种成才与成人的思量了。

对此,人们正说反说颇多,我也忍不住凑热闹试着为你解析一番:

以你目前所持的追求及所处的阶段，一时半会儿还不会心甘情愿地"坐在路边鼓掌"的，要么是在风驰电掣的 F1 赛道上（个人的业余喜好），要么是在曲折起伏的马拉松征途上（专业的留学读研），接受路人的注目或惊叹，这种感觉很令人澎湃催人奋进。

人嘛，各有各的活法，没有厚此薄彼。路上奔跑与路边鼓掌看似是两极，其实并不对立，各得其所其乐，或可互励互学，甚至鼓掌者一时兴奋起身上路撒一回欢，而奔跑者在路边歇脚看一回景，并非没有可能，也非不可理喻。

由此联想，有意识、有节奏地歇歇脚，路边定定神、看看景、鼓鼓掌，或许也是奋进一族跋涉中的一种主动调整与自我完善呢？

歇歇脚、看看景或许——

正可以回首足迹，审视深浅曲直。一路疾驰，一路艰辛，令人无暇思考走向增储能量，无暇品味酸甜呲摸苦辣，无暇评估得失分辨盛衰。歇歇脚，定定神，正好回望背后串串足迹，审视深浅与曲直，梳理得失与感悟，体味艰辛与欢欣。这不也是身心必要的、愉悦的调整吗？

也可以观摩他人，正视差距不足。一路同行，一路竞争，令人无暇顾及他人的感受，无暇欣赏他人的成就，无暇邀约他人交流切磋互动互助。歇歇脚，鼓鼓掌，正好探究他人的成功秘籍，借鉴前人的伤痛悔恨，汲取高人的点拨教化。这不也是心灵必要的、愉悦的修为吗？

还可以放眼自然，环视四野景致。一路奔波，一路拼搏，我们无暇凝视沿途的风景，无暇松弛绷紧的心弦，无暇领略山川的宁静与淡泊。歇歇脚，看看景，正好观赏清新风光，歇息疲惫心灵，放松紧张情绪。

据此看来，歇歇脚、看看景似乎也是一种行进的哲学、生活的智慧：追寻之路漫长坎坷，需要疾徐交替，张弛有度，停片刻内省喜忧，静一会儿外鉴得失，调节身心，修炼性情，方能行久走远。

讲了"歇歇脚、看看景"这么多联想及好话，并不是漠视目标追求，也不是推崇消极停滞，而是想探究辨析一下：它算不算一种人生技巧，是不是一种生活调节呢？

2012 年 9 月 10 日

附:2012年高考浙江卷作文题

台湾作家刘继荣的一篇博文说,她读中学的女儿成绩一直中等,但却被全班同学评为"最欣赏的同学"。理由是乐观幽默、热心助人、守信用、好相处等。她开玩笑地对女儿说:"你快要成为英雄了。"女儿却认真地说:"我不想成为英雄,我想成为坐在路边鼓掌的人。"这篇博文在网上引起了热议。

网民甲:坐在路边鼓掌,其实也挺好。

网民乙:都在路边鼓掌,谁在路上跑呢?

网民丙:路边鼓掌与路上跑步,都值得肯定。

请在上述网民的议论中,选取一种看法,写一篇文章。你可以讲故事,抒发情感,也可以发表议论。

迎战未知风险　迎接"无限可能"

保研还是留学？这是个问题。攸关今后的走向、路径和状态——因其不同而将有别。

在几乎整个暑假两难纠结后，你最终决定放弃国内保送研究生资格，下决心申请赴美读研。

这是一个"艰难的决定"，也是一次勇敢的抉择。

我们理解你的艰难。因为耳闻目睹感同身受到你内心的缠斗、煎熬。

我们尊重你的选择。因为知难而进逆风飞扬是你内心的见识、勇气。

在国内保研是条平坦的路径：未来看得清楚，亲友能够相助，资金花费少，就业难度小……

赴美留学则是条未知的道路：已知的利弊在此前的"沙盘推演"已明了，未知的困难甚至风险估计会不时侵扰。

当然，困难之中风险之下也有"无限可能"随时招手——你可能拓展原有专业，也可能尝试新颖行当；你可能当老师、开公司，也可能赴欧美、走五洲……一切皆有可能。

当然，未知的风险也可能布下道道路障、吞噬种种的可能。

不走路是不会摔倒，也就不会拥有潇洒的奔跑；不闯荡是没有风险，也就不会享有绮丽的风景。不敢挑战风险，就无任何可能。

放弃保研就意味着破釜沉舟,必须义无反顾,置之死地而后生;

出国留学就意味着抛弃安逸,必须勇往直前,无限风光在险峰。

明知山有虎,偏向虎山行。这基于自信,也倚仗勇气。

开弓没有回头箭,千难万险咬牙扛。这需要坚韧,也有赖忍耐。

任何选择当然是趋利避害,但又都难免有得有失。知道有得,我们信心百倍去争取;知道有失,我们义无反顾不后悔。

既然我们选择了"不走寻常路",就要有足够的信心、耐心去化解一个个风险,拥抱一次次可能。

2012 年 9 月 16 日

管控自己

一

一说到管理、控制,我们自然而然想到的是对社会、组织及他人的管控,总是很少想到还要对自己。

△管控不是为了扼杀自由、限制个性,而是力求做该做的,拒绝不该做的。这个"该不该"就是在自觉管控中甄别选择出来的,就是自我管控的价值所在。天下没有绝对的自由,谁也不能没有"边界"。

其实,管控自己才是所有管控的起点和基础。只有社会的每个因子做到了自我管控,一切群体乃至整个社会才易于实现管控。一个人连自己都管不住,还谈什么参与社会管控并在其中发挥作用?

中国古训"修身、齐家、治国、平天下"把"修身""齐家"放在前两位,大概表达的正是这样的理念,"修→齐→治→平"的次序也正是由管控自己走向管控社会的先后步调。同样,日本社会流行的一句话"管好自己,不给社会添麻烦",则是说明了"管控自己"的基础性。

管控自己,就是管控起自己的生活、管控住个人的心态(或情绪)、管控好与外界的关系；管控自己，需要意识引领自觉而为，需要方法跟进恰当有效。

管控好了自己，就不会轻易被他人左右、被物质诱惑；管控好了自己，也就掌握住了自己、掌控了成败。

多元化时代，人需要自由思考，彰显个性。但也需要管控过程，修剪枝蔓。两者并行不悖，甚至当下自我管控更显急切，因为，在个性解放及张扬的潮流下它更易被冲淡而漠视。

二

那么，我们最需要自我管控些什么？

——管控目标。人的一生有大目标小目标、远期目标近期目标之分，就是在一件事上也有整体目标阶段目标之别。任何一种目标的确立实质上都是对自己的一种管控和激励，有了目标还要有计划来保障实施，这计划也是一种管控，它们一定程度上约束着自我一步步去实现目标。

关于目标设立及计划制订，在学校老师讲过许多，你自己也实践过不少，想必已有心得，在此我就不多饶舌了。

——管控言行。说话、行为、做事等言行是一个人生活中管控需求最繁重、管控技巧最讲究的范围。尤其是言语，俗话说的"一句话说得人笑，一句话说得人跳""要想着讲，不要抢着讲"等等都表明，说话不分对象场合、不讲究方式语气也就是不加管控的话，其结果与愿望往往是背道而驰的。

管控言行涉及方方面面时时处处，说话艺术行为技巧林林总总浩如烟海，这里仅点到为止作为提醒。有本《一句话把人说笑，一句话把人说跳》的书对此颇有研究，向人们提出了一些建议与忠告。

——管控心态（情绪）。我觉得这是所有管控项目中最紧要的，这也是和你探讨管控话题的初衷与核心。

在我们的感觉中，你的心态还时常波动，情绪化的状况也较为明显。当然，在成长期青春期也是在所难免的可以理解的。但我们最为担忧的是心态问题屡屡伤及你对社会生活世态万象的认知、如何摸索形成各种情况下自我调整心态的方

法……

"思想广场"(微博)这样解析"心态":心态的"态"字,拆解开来,就是心大一点,如此,还有什么想不开的?心态还怎么会不好?

是的,不如意事人人有,时时有处处有,与其一味生气抱怨徒增伤悲,不如尝试调整自我泰然处之。咽下委屈撑大心胸,心胸宽广了就能镇定心态,心态平和了就能理智面对,理智处事了就能避害趋利。以博大平稳的心胸换来长久的收益,值吧。虽然它有时缘于不得已而为之。

著名健康教育专家洪昭光教授指出,抱怨也是一种慢性病,它对自己身心的损伤绝不亚于糖尿病、高血压等的危害。

现实生活并非十全十美,谁也不会没有一点抱怨。从心理调节的角度看,抱怨确实也是释放情绪和压力的有效方法。但抱怨需要能控制、有限度,力求做到不经常、不过分、不累及他人、不伤及自己。

你现在基本上确定是出国读研了,远赴异国他乡求学生活,我们与你的联系交流、探亲见面、情绪疏导将变得更难。一项针对中国留学生的调查表明,留学生们的心理健康状况不容乐观。26%的人自称常以网络和影碟打发时间;找不到倾诉对象和途径的占17%;学习、工作或经济压力大,常导致失眠者占16%。此外,还有不少人"常感觉孤独,会想家","喜欢独处,不与人交往"。而自认为"吃得好睡得好,心情畅快"的,仅占被调查者的7%[①]。这一切都要有心理准备,都要由自己管控好情绪或心态来面对处置。

——管控关系。重复一下你们可能在"毛邓三"[②]中学过的马克思的观点,人的本质是一切社会关系的总和。人从小到大,其自然属性逐渐让位于社会属性,在社会生活中与形形色色的人你来我往,形成了纵横交错疏密相间的种种关系。

我们都希望与外界与他人建立并维持和谐的关系,这就有时需要一定程度的妥协,甚至吃点亏花点钱换取相安无事。但是,我们又需要按照做人底线、安全原

---

① 据2012年9月17日《新安晚报》载,《赴美读大学,看上去很美——美刊发表文章指出,赴美留学也可能是个"赔本买卖"》

② "毛邓三"是高校学生对"毛泽东思想、邓小平理论、江泽民'三个代表'重要思想"课程的通俗简称。

则管控人际关系:类不同者不相聚(物以类聚、人以群分嘛),损人利己者不相谋,危险人物者不相交。

常言道:"多个朋友多条路。"这话有对的一面,也有存疑的一面,如果是不当朋友——如上所说的不宜相聚、相谋、相交者——则可能多了险路、歧途。以我的经验,正直真诚、患难与共的朋友可以多交深交,一般的朋友暂且不远不近相安无事。

三

管控不是为了扼杀自由、限制个性,而是力求做该做的,拒绝不该做的。这个"该不该"就是在自觉管控中甄别选择出来的,就是自我管控的价值所在。天下没有绝对的自由,谁也不能没有"边界"。因此,只能通过管控明确目标、集中精力完成想做、能做、该做的事,放弃不该、不能、不需的言行。从这个意义上说,一个人的成熟乃至成功,不仅在于他坚持做什么,还在于他知道不做什么。

人生是一个过程,取舍得失、选择进退、该做不做无时不在。因此,管控的意念与修为应当相伴终生,唯此也将受益终生。孔子曰:"七十而从心所欲,不逾矩。"表明自己到了70岁时言谈行事能够随心所欲了,而且也不会逾越规矩或法度,说的也是这个道理吧。

2012 年 9 月 20 日

问:"你幸福吗?" 答:"……"

"你幸福吗?"猛然间有人如此提问,你会如何回答?

今年国庆期间,"你幸福吗?"这句问话成了热点。其源于此前央视《新闻联播》推出"你幸福吗?"街头随机采访的系列报道,据称,此次采访量达 3500 人之多,而回答可谓形形色色千奇百怪,引得不少人"围观""吐槽"这样的问题及问法。

△在感受和追寻幸福中是要有点阿Q的"精神胜利法",这样才能心理平衡,心生快乐。不然,比尔·盖茨的同学都去与他比财富、克林顿的伙伴非去与他比地位,岂不要天天都闷活活气死?又何来幸福之感?

"你幸福吗?"是一个既宏大又具体的问题,看似简单,实则难答,更无法统一。因为宏大,几乎没有人能给出完整的标准的答案;因为具体,每个人大都是从自身经历说出答案。所以,对幸不幸福的回答就必然是五花八门形形色色、仁者见仁智者见智了。这不奇怪,这才是生活的本来面目。

对这一话题,掀起喧闹热议的表象,它还向人们显示:提问幸福感知幸福,或者说"幸福"二字再次被推到我们的面前——我为此写上几句更是想将它推进你的视野——在实际生活中,你我还有多少感知幸福的意识与能力?如何界定自己幸福感的标准?

幸福是需要感知和发现的,或者说是需要寻找的。对大多数人而言,日常生活是琐碎的平凡的甚至是重复的呆板的：工作学习、娱乐运动、吃饭睡觉……日复一日年复一年，忙忙碌碌平平淡淡，以致我们没有闲情品味生活，无法感知幸福。这固然是社会节奏使然，但更多的是我们心境使然。

套用一句名言，生活中不是缺少幸福，而是缺少发现。所以，可怕的不是没有幸福，而是我们没有了发现幸福的心情、意识和能力。中国有句老话，叫作"身在福中不知福"，此话代代相传，循环往复，不正说明"不知"（未发现）是许多人感觉不到幸福的最大症结吗？

央视主持人柴静在清华大学演讲时也被提问"你幸福吗？"，她是用胡适的一句话来回答的："'怕什么真理无穷，进一寸有一寸的欢喜。'即使开了一辆老掉牙的破车，只要在前行就好，偶尔吹点小风，这就是幸福。"看，幸福就这么简单：只要你察觉"一寸进步"，"吹点小风"同样可以发现并感受幸福，哪怕身处"真理无穷""开辆破车"的无奈和尴尬。

幸福需要孜孜以求——不懈寻求的意识和行动是幸福之源；需要明察秋毫——感知自身及社会些微进步带来的幸福感；需要集腋成裘——珍藏点滴快乐才能汇成大幸福；需要细致品味——以欣赏的感恩的心情体味幸福。因此，幸福很大程度上取决于自己有没有发现，寻找到多少。

幸福是需要有高标准的，就是说要有衡量的。幸福是感性的（《非诚勿扰》节目评点嘉宾黄菡也认为"它是一种主观感受"），但它通常又是因指标量化和事物观照而具体的。这就绕不开"比"字，一个"比"字大有讲究，和人家比要是比不如你的，和自己比要是比进步的，你就会觉得幸福，反之你或许会不快乐。当你实现从挣1000元到2000元目标时，你可能比当时拥有百万身家的人高兴幸福，因为你的财富增长了，你的计划实现了。

"早安语"（微博）对幸福就做了个形象化的量化解析：当你想吃一个馒头时就有一个馒头，若只能得到半个叫不足，更少叫匮乏；若得到两个叫富余，更多叫累赘。幸福不是越多越好，而是恰到好处。"美女智慧录"（微博）也有同感：人生的幸福，不在于富足，而在于知足。

对此，你可能会产生疑问，这不是"阿Q精神"吗？是的，在感受和追寻幸福中是要有点阿Q的"精神胜利法"，这样才能心理平衡，心生快乐。不然，比尔·盖茨

的同学都去与他比财富、克林顿的伙伴非要去与他比地位,岂不要天天郁闷活活气死? 又何来幸福之感?

听你妈妈说你曾和她闲聊道,你们(指父母)工作还可以,家庭也和睦,大致的意思是应当满意。真为你有这样的心态宽慰,也希望常常能以此看待自己及家人。如此,何愁幸福不现呢?

人生目标要看高,幸福目标要适当;比上不足应知足,比下有余当惜余。这样概括对吗?

虽然,幸福与主客观(精神与物质)的状态均有关联,但我以为主观的成分更具有左右幸福的力量,你的内心感觉、比较方式等等更多地决定了你幸福与否、程度几何。由此,就不难理解为什么社会上总有钱不多的人能快乐,而钱很多的人却烦闷的矛盾现象。正所谓:知足常乐幸福多,牢骚满腹欢愉少。

2012 年 10 月 8 日

这个电话有温度

一

这两天,我和同事参加媒体"走转改"联合采访——"走进大别山",来到临泉县单桥镇蹲点体验式采访。白天走村入户采访,晚上讨论线索发稿。

时值隆冬,天寒地冻。4个人挤在大约10平方米的板房工棚里,屋外冰天雪地寒气袭人,棚内窗户玻璃上竟被众人哈出的热气蒙上一层薄雾。

晚上10点多,手机响起,一看,是你打来的,我走到屋外接听。

你说,此前已向一些美国高校提交了读研申请,主要是大学所学专业城市规划。现在就读过宾夕法尼亚大学的中山大学师兄看了你的作品集后,他建议可试试申请景观设计方向,也可冲冲哈佛大学、麻省理工学院。而要改为景观专业,读研时间则要增至三年,相应地也要增加一年的费用。你的意思是征询一下我们的意见。

在问明你在城市规划与景观设计两者中对后者更感兴趣后,我当即表示你就试试景观、冲冲哈佛大学吧。只要是你喜欢的专业,多一年的费用不必太忧心。既然此前已做了读两年的准备,现在无非是再勒紧裤带一段时日,总能顶过去这增加的一年。

我清楚,你原来就对城市规划专业不甚满意,加之美国的对应专业又主要是政

策调控与社区协调，如果继续学下去，今后又从事这个专业，你大概会更久地置身无奈、郁闷之中。而现在如果有机会有可能改换成景观设计专业，虽然要多读一年研，多花一年钱，却能更有兴趣一些，更能发挥创意设计的愿望和特长，那就值得。

抓住这个挑战自我转换路径甚至改变命运的机会吧！

在一个寒冷的冬夜，在一片乡村的田野，一对父女通过一个电话，商讨着一个年轻求学者的学业及人生走向。

我猜想你打这个电话，一是自己有了主意，需要告知父母；再一是有了改换专业的想法，征求父母意见。毕竟改变专业，留学读研由两年变成三年，相应要增加一年的开支，总得征得"投资人"的同意吧，哈哈。无论是哪一种情形，我们都会欣然接受全力支持，因为，你能够自己根据主客观情况的变化调整计划、做出选择，同时想到征求父母亲的看法，想到去了解和寻求资金支撑。

在皖北乡村，在隆冬寒夜，接到这个电话，我心里还是暖暖的，这表明你又成熟了一分。同时，我想你的心里也会是暖暖的，因为你能感受到父母的全力支持，担忧化解了。

这是一个对话双方都感到温暖的电话。这是沟通的温度，尊重的温度。

二

中国的父母可能是世界上最舍得为子女教育投入的了。尽管历史上有"焚书坑儒"的悲剧，有"读书无用"的困扰，但也还有昔日"科举"今日高考的制度路径，有"万般皆下品，唯有读书高"的惯性思维。

识文断字的父母不想让子女们丢掉书香，目不识丁的长辈不愿让下一代重蹈覆辙，也就是说，只要是正常思路有点能力的父母都视子女读书求学为大事。无论这是天性使然，还是功利驱动，中国式父母在生活用度安排时，除了日常花销外，最看重的就是子女教育、养老医疗的积攒。而在这或许有限的资产中，只要是子女教育需要，那是二话没有倾其所有、砸锅卖铁在所不惜。因而，民间为子女求学不惜代价的传说故事层出不穷：古有"孟母三迁"，今有"海外教育投资移民潮"。

说到此就有一个如此投入的回报划不划算、值不值得的问题出来了，你们同学之间在读不读研、留不留学的问题上也讨论过"投入产出比"。这很正常,赞之者称其为务实,讥之者则称其为太务实。

现实生活中确有"投入产出"不对等状况,我和你妈妈的同龄人中就有没上大学的早早进了银行、保险、医院、学校等等,收入高福利好。而上了大学读了研分到工矿企业的,工资少待遇差,有的还没干两年就遭遇破产下岗、改制分流了。

这种畸形的投入产出倒挂现象与实例,过去有,现在有,将来还会有,过去响当当的"海龟(归)"现在一年半载找不到工作而成为"海带(待)",或者找到工作收入远远低于期望值,甚至在昔日同学手下谋生的比比皆是。

这可能令人心酸,也使人懊恼。但我们不能因为这就裹足不前躺倒不干了,就像不能因为或有地震就不建设家园了,因为人可能生病死亡就不快乐生活了。就算这倒霉的倒挂不幸砸到我们的头上,也不必唉声叹气,更不必心灰意懒。我们投资读研学到了知识,留学增长了见识,资金转化成才能,时间修炼出素养,就能在芸芸众生中活出不一样的精彩和品质,总能从花花世界中抓住不一样的机会和资源。

要讲"投入产出比",又不拘泥"回报率";想到最坏可能,争取最佳结果。如此而已。

2012 年 12 月 21 日

申请留学"自个儿干"

你赴美留学申请准备及投送材料至此大盘定矣,接下来就是静待运气的垂青——等通知了。

在当今中国,申请出国留学已是家常便饭,不足为奇。而你的特色在于没请中介代理而是自己办理,这样做的人虽然有但不多,因为太辛苦了。

按我粗浅的了解,当下留学申请方式大致分为3种:一是委托中介代理,二是中介+自己做,三是完全自己做。各有利弊,花费各异。

其中,通过中介代理申请的费用眼下已蹿到三五万元人民币,而且主要是代写PS材料、推荐信,一般只负责申请5所左右学校(超出数量通常另行加收费用)……虽然"营销"的是稀缺智力、资源、关系,也难免给人价格"不菲"之感。当然,此途径的最大好处是申请人省却了很多麻烦事。

但你选择了自己来,省钱当然就费事,真有点迎难而上知难而进的味道。

事非经过不知难。自己办理申请留学事务及其过程似乎称得上是"系统工程":一呢,涉及范围广。要到学校开成绩单(为此你跑了五六趟,吃过闭门羹,碰过软钉子,看过冷脸,赔过笑脸,帮助复印自助装订),要从银行开具资金担保(由此衍生出须先去派出所开亲属关系证明),要请GRE中心向拟申请学校送分(为缴送分费使用已有的工行信用卡折腾了一大圈也不成,还是借用别人的才救了急,后来只好再申请另一家的卡)。

二呢,耗费精力大。整理个人简历、自己撰写PS材料、请人写推荐信、充实作品集……尤其是个人PS材料在留学申请中最为关键,你也是几番咨询请教过来人,几易其稿反复修改,不到截止日期前最后一刻也不愿放弃推敲打磨。

三呢,选择学校难。既要选学校好专业强,又要挑治安好气候佳,而这好那好,还得看自己的条件自己的分数(GRE、托福等),想去的未必能去,能去的并非想去,要使主观愿望、自身硬件与位置环境、学校专业完美匹配真是件很难很难的事。这个过程犹如再次经历高考填报志愿,但一个巨大的障碍则是对美国学校方方面面的了解远不如本国的高校。如此一来,一遍遍上网查阅,一次次打听询问,一番番分析研究就在所难免,而且需要亲力亲为争取尽善尽美,别人既插不上手也指望不上。

回望这段艰难的经历,大致也可算是一场智力、体力和毅力的硬仗了。我想,这一仗下来你肯定吃了不少苦,想必收益也会不少:

尝试了繁杂项目的运筹力。综观整个申请过程,事项众多,枝节纷杂,轻重交织,缓急叠加,既涉及国内国外,也涉及学校家庭;既有赖个人精细操作,也有赖他人仔细办理。需要事前计划,事项运筹;需要主次分明,统筹进度。既循序渐进,又环环相扣;既齐头并进,又突出重点,犹如十个手指弹钢琴,好似学习演练运筹学。你采取了事项列表标记进度的方法,做到了忙而不乱,疏而不漏,有条不紊,效果不错。可喜可贺。

你的城市规划专业中每个项目都可能是纷繁庞杂、时间紧迫的,如何抓住关键化繁为简、如何组织协调人与事情、如何排解问题掌控进度等等都大有门道。事不相同理相通,此次申请中统筹协调运筹把握的经历可以说是一次预演练兵,其经验想必会成为你专业领域运筹能力的基础。

锻炼了社会交往的适应力。相对而言,大学生活是较为单纯的,每天面对的是老师、同学和书本,三位一体;进出的是教室、宿舍和食堂,三点一线。说"与世隔绝"可能过了,多少有点"远离红尘"的味道。因此,对许多学子来说,接触社会适应社会游刃社会是亟须补上的一课。

而这次申请的各个环节,与社会接触面远超以往,有走进社会的学长和学姐,有中方和外方学校机构,有培训中介职员,有朋友……从他们那里你见识了各色人等的行为方式,领教了不同机构的处事模式,知晓了办事的定式规则与非定式潜规

则，感悟了人间冷暖世间百态。无论是热情办理还是冷言拖延，无论是指点相助还是推诿误导，其经历或可为你今后完全走进社会积累经验。

提升了对陌生问题的处理力。申请留学本身对你而言（也包括我们）是一个全新课题，整个过程更是不断触及新领域面临新问题，有的老知识老套路不管用，有的需查询需求助方管用。

人在遇到陌生问题时，往往会有"狗咬刺猬"无从下手般的焦急；如果再屡试不成、百般不得其解，就更会焦躁，或心绪大坏，或信心大失。这时，我们可能会有两种处理方式：一是放任急躁情绪发酵，不能冷静地想办法，结果不仅于事无补，而且恶性循环加剧心情恶化；再一是不急不躁，科学地想办法，坚信山重水复疑无路，办法总比问题多。自信、顽强、科学是解决任何问题的基本要素。完成这次申请，你会大大增强面对困难的毅力，解决问题的定力，寻找办法的能力。

在此，我想引申到"心态控制力"上说两句。在整个申请过程的无数次通话中，我们感到你少了些烦躁多了些沉稳，虽然熬到很晚显得很累，声调较低语气较缓，但多是平和的。不像过去遇到不顺心头痛事常常唉声叹气、抱怨烦躁，甚至发脾气、哭鼻子。这一点我们很欣慰，也很纳闷。我猜想是你经历了许许多多磨砺之后能坦然应对了；你妈妈说是你下定决心出国不畏艰难了。

不管是因为啥、缘自何，只要能练就平和心态面对问题、迎战艰难，其价值可与任何能力增强相提并论，其收益甚至不亚于申请成功本身。"一个能控制住不良情绪的人，比一个能拿下一座城池的人强大。"此言不谬矣。申请成功是一时一事的，它左右今后人生走向的重要性毋庸置疑，而心态成熟是一生一世的，它影响今后人生历程的作用力更是无可限量。

似乎有人说过，（大意）心态是什么样的，世界就是什么样的。心态影响着你如何看待世界怎样处理世事，我以为，从这个意义上说，"心态决定成败"或"心情决定命运"也不为过。

如果说留学之路犹如唐僧取经会经过九九八十一难的话，那么，申请只是其中一难，后面的生活之难、苦读之难、就业之难……已是近在眼前，即将次第而至。不过，已然攻克重重难关要塞，纵然前路还有千难万险，必然会"踏平坎坷成大道"。

2012 年 12 月 28 日

痛定还思"啥"?

每个人的人生历程中都会有若干痛点,有的微小而短暂,有的沉重而长久。其中,长久的痛点往往是反复发作的(反过来正由于痛点的反复才导致长久),因而也是最折磨人最具杀伤力的。

△人不可能同时蹚过两条河流,眼下,我们所蹚过这条河时有了不错的效果,何必再沉湎于如果蹚另一条河会是什么结果的揣测中呢?

而无论大痛小痛长痛短痛,当时都需要直面它,随后也需要能放下它,尤其在无机会、无能力改变它时。

当然,如果有可能将痛点蝶变为顿悟、嬗变成免疫力防止重蹈覆"痛",那是再好不过的了,也算是痛有所值。这需要修炼,也是我今天想说的。

不必讳言,对你来说近年里最大的一个痛点就是没能学成所感兴趣的汽车专业。时至今日,这一伤疤每年都会阵痛一两次,折磨着你,也拷问着我们。因而,有必要再花点工夫费点口舌剖析它,从而从中走出来。

兴趣如金。一个人如能学习及从事自己喜欢的事情,可能迸发出难以估量的潜能,创造出无法估量的业绩。但这只是一般而言并非绝对。"有心栽花花不开,无心插柳柳成荫"的例子不胜枚举,你自身的经历似乎也佐证了这样的"悖论":虽然学的是不太喜欢的城市规划,却也学出个年级第一、连续3年拿到国家奖学

金。当然,你也许会分辩:如果学的是感兴趣的汽车专业,可能会学得更好。是的,不能完全排除这种可能性。只是人不可能同时蹚过两条河流,眼下,我们蹚过这条河时有了不错的效果,何必再沉湎于如果蹚另一条河会是什么结果的揣测中呢?何况当时我们也尽了最大努力、做了多方论证后一时难以找到理想的"如果"呢?

痛处有痛楚,这是现实的。不过,拆解一下字面是否也能理解出:痛要处理好它,让自己不深陷其中?痛要清楚它,明白痛之缘由、痛之对策、痛之顿悟?

人难以时时处处都生活在自己的意愿中,很多事情难免无可奈何,正如宋人方岳所言:"不如意事常八九,可与语人无二三。"古今中外,人多如此,那么我们又何必对"不如意"太在意太失意呢?

人们常说"痛定思痛",是希望前事不忘后事之师。我以为还需要痛定思"止"、痛定思"变"……通过"思"在痛中成熟、痛后成长,"思"出应对之道,"思"出人生之悟。这样,痛定就有收获了,痛楚化为力量了。一味地悲观失望怨天尤人只会徒增烦恼,唯有基于现实自我调整到理想状态才是出路。

痛定思"止"就是放下痛楚。对一个事(或人或物)不喜欢有不满是人之常态,但如果关不住阀门,往往会流淌出持久的不满,甚至厌恶,其结局常常是于事无补伤及自身。这样的经历你在高中和大学之初都曾有过:如对一科老师的不满波及对该科的厌烦,导致该科高考成绩不理想;对一位同学的某些做派看不惯扩大到对整个人的反感,从而与其相处时总拧着劲儿……

假如,我们在一个个痛点出现之初,就聪明地果断地放下它,还会由其放大发酵引发持续抵触吗?还会令己愤愤不平自怨自艾吗?

痛定思"变"就是自我救赎。如果放不下,或者觉得放下很无奈很憋屈很不甘,那么不妨调整思路另辟蹊径,以变自救,择机转身。像你从城市规划延伸的景观设计中找到兴奋点——与学汽车同样能施展设计兴趣——就是一次不错的调整;再不济,阿Q一下自嘲自解下也行。

比如,变个角度,以平和的态度、挖掘的方式重新审视不喜欢的人与事,看看是否有值得欣赏的地方,或许有新发现呢。这正应了苏轼"横看成岭侧成峰"的名言。记得你中考时的作文就是以此为题,想必出题者是以此来向你们传递从正面及侧面、远处及近处、高位及低位看庐山的理念,进而掌握多角度、全面性地看待世间万物的方法,避免主观片面导致"不识庐山真面目"的困境吧。

2012 年 12 月 30 日

找个什么样的他？

既然"当'恋爱'来敲门……"了，那么，"找个什么样的他"也就是绕不开的话题了。

如果说往日聊起这个话题还是"旁敲侧击"或"零敲碎打"式的"打探"，今晚则是咱家首次"开会式"或"摊牌式"的讨论。

家中子女大了，总要面对谈婚论嫁，这不仅是孩子的事，也是父母的事。虽然现如今早已不兴"包办婚姻"了，但父母还是有点无私"建言献策"之责、发表"参考意见"之权吧。

有道是，选择一个对象就是选择一个家庭，选择一种生活方式。这话未必准确全面，但也不是一点道理没有。因为，每个青年都会留下20来年原家庭生活的烙印。当然也有例外，但是不多。

△其一是理智的他。理智可以看到理性和智慧，这样的人"能思辨、会控制"。其二是进取的他。进取可以看到行进和争取，这样的人"愿上进、肯努力"。其三是简朴的他。简朴可以看到简单与朴实，这样的人"知节俭、不贪婪"。

△恋爱的双方是互为影响或模仿的对象、互为依存或适应的环境，有什么样的他或许就有什么样的你，反之亦然。

这是不是意味着找对象必须要看他的家庭？我想，要看，也不要全看，主要的还是看他本人是个什么样的人。那么，对你而言应当找个什么样的他呢？

——理智的他。拆分理智可以看到理性和智慧。理性是一个正常人的基础素养,智慧则是现代人的基本能力。这样的人"能思辨、会控制"。

能思辨。理智的他在相恋时,能理智思辨彼此适合与否,无论愿意相处誓言相爱,还是无心"恋战"有意"收兵",都应来自深思熟虑,不至于糊里糊涂、犹犹豫豫,或者虚情假意、坑蒙拐骗,既不委屈自己,也对别人负责。

会控制。理智的他在遭遇摩擦时,能理性控制合理处置,不会放纵言辞产生过激行为。谈恋爱是甜蜜的有趣的,过生活是平淡的无奇的,甚至难免磕磕碰碰,怄气拌嘴,没有理性思维往往会争吵不休,没有自制能力往往会大打出手,如此一来,双方就没有幸福可言,也没有安全保证。

——进取的他。拆分进取可以看到行进和争取。一个人学历有高低、能力有大小、心智有强弱、发展有快慢……但只要他是进取的,就会有自身的价值和位置,就会为人们接受和肯定。这样的人"愿上进、肯努力"。

愿上进。所以愿上进,因为有追求。追求不分大小,都会成为动力。有动力求上进的人是不会无所事事,也不会无事生非,而是踏踏实实地做自己的事。事无巨细无论大小,只要他做的是正事好事,都会走正道,都会令人放心受人尊重。同时,做事的人也会感同身受地理解或帮助别人做事。

肯努力。"龟兔赛跑"的寓言印证着"不怕慢,就怕站"的道理。同样,现实社会里不怕没出息,就怕不努力。任何人只要肯努力,虽然一时默默无闻甚至落魄失意,今后总有机会崭露头角甚至大显身手的。

——简朴的他。拆分简朴可以看到简单与朴实。简单就是生活不求奢华崇尚简约,朴实就是为人纯朴踏实知规守矩。这样的人"知节俭、不贪婪"。

知节俭。当下,朴实与奢华、简单与精致的两种生活观既碰撞又交融,尤其让年轻人左右摇摆取舍两难。这里看重简朴不是非要整天破衣烂衫吞糠咽菜,放弃健康、安全、快乐的需求,而是希望秉持如此生活理念和人生姿态,无论贫困还是富有,节俭都是安身立命之本、持续发展之基。晚清重臣曾国藩在其家书中写道:"凡仕宦之家,由俭入奢易,由奢返俭难。……不可贪爱奢华,不可惯习懒惰。无论大家小家、士农工商,勤苦俭约,未有不兴;骄奢倦怠,未有不败!"这样的判断与警示,今天重温不仍觉得冷静而智慧、语重而心长吗?

不贪婪。简朴的人会少些对金钱的贪婪对享受的狂热,少些对花花世界光怪陆离的迷失。而会珍惜已经拥有的,会坚守自己的尊严。无论今后他从事的是专业技术还是行政管理,都难免会有人施以小恩小惠敲打方便之门;如果今后他再当上领导有点小权,就会有人投来糖衣炮弹撞击规则防线,没有贪心,就不会贪嘴,也就不会失守,苍蝇不叮无缝的蛋嘛。老话说"君子爱财,取之有道",是咱的拿得心安理得,不是的切莫心存侥幸,贪小便宜难免吃大亏。不贪不占,其行自远。

恋爱的双方是互为影响或模仿的对象、互为依存或适应的环境,有什么样的他或许就有什么样的你,反之亦然。

同时,将心比心,当我们希望他是理性的、进取的、简朴的时,他也会期望你是这样的人。要求别人做到的,自己也应做到哦。

2013 年 2 月 16 日

又及:

当然,"谈婚"乃至今后"论嫁"可谓一个复杂的系统工程,甚至可以说是一个人、一个家庭最重要、最长远的决定,甚至是俗话说的"投资"与"赌注"。

有"创投大师"的亲身体会为证:盖茨与巴菲特在谈及人生最明智最重要的决定时不约而同地认为,不是创建微软,不是投资成功,而是"找到合适的人结婚",而是"跟什么人结婚"。

因而,对择偶要考量的因素又远不止"理性、进取、简朴"这简简单单的 6 个字——

诸如人品性格。虽然多数人谈及择偶要求时常常说"只要人品好、性格好就行了",可实际又往往并没有"只要"这"两好"。其实正直、善良、平和真的很重要。

诸如家庭状况。虽然"门当户对"之说显得老套常被诟病,但又确确实实是许许多多当事人难以完全回避的考虑,因为相似相近的生长环境有利于双方形成共同的志趣,也有利于双方家庭的轻松沟通顺畅交流。

诸如经济条件。虽然一谈家底或收入就显得俗气了,但在许多人眼里经济实力却又是婚姻稳定的基础之一。

诸如身高相貌。虽然这些都是外在的，不能当饭吃，却又常常左右人的内心，耽于"秀色可餐"。

诸如眼缘投缘。虽然有点玄虚，却又屡屡听到80后、90后用它表达"拒绝"或"接受"，这大概就是俗话说的"缘分"或心理学上的"第一印象""第六感觉"吧。

…………

哈哈，看看找个什么样的他复杂吧。不过，我还是以为"六字"为主，其他为辅，主辅结合，抓住"关键"。"关键"是什么？大概应是：人品、潜力、爱你（真心对你好）。"六字"也好，"关键"也好，主要还靠你自己发现、自己感觉、自己判断、自己抉择。

2013年2月18日

负笈美国学什么？

一

从你 2 月中旬收到第一份美国的大学研究生申请的 OFFER（录取通知书，又称录用信、邀约函）起，留学美国高校已是如愿以偿近在咫尺的事了。

△显然，我们的留学能否从学知识到增见识、从学专业到强精神、从学必然到循自然？一句话，从物到人，即由专注物化层面的知识、专业，到拓展精神层面的境界、特质。这是我们的希冀，也希望是我们的优势。

接下来便是要从诸多发来录取通知的大学中挑选心仪的去向了。选择的要素自然包括学校实力、专业排名、安全程度、气候状况等等。

又到了一次"艰难选择"的时刻了（上次是选择"国内保研还是赴美留学"）。就在你当然也包括我们思考选择要素时，我的脑海突然甚至是异常地冒出个问题："负笈美国要学什么？"

你或他人也许会毫不犹豫地说，留学美国当然是学习先进的专业知识和技术。因为，美国高等教育实力雄厚声名远播，大约占据了全球排名前十、前一百大学的半壁江山。

　　回答正确。

　　可是，我还隐隐约约觉得到美国高校留学不仅要学知识学专业，更要学拓宽视野、磨炼境界、提升素养、优化性格……

　　为什么这样说呢？我以为啊，以你现有的状态留学美国，全力以赴地学好专业知识是毋庸置疑的。如果说你是在国内读研，达到这个层次也无可非议了，而现在是到美国留学，走上更加国际化的平台，浸润在全新教学理念和模式中，穿行于多元文化的交汇中，是否可以尝试迈向专业知识层面之上或之外的学习，获得眼光、境界、胸襟层面的提升？

　　比如，拓展视野。美国的大学国际化程度较高，学校的教学必然从国际视野展开，对话世界顶尖教授业内高手如家常便饭，研习全球一流景观设计案例是自然而然；同时，多元文化兼容并蓄交流互动，也将碰撞出多向思维火花。

　　对学生来说身处国际视野、全球眼光的氛围之中，是激励也是机遇，这也正是你应该学习的抓住的，在熏陶中领会吸收，在学习中融会贯通，从而消化为自己的基本功力，内化为个人的思维习惯。

　　再比如，提升境界。人在不同的位置所见所闻的高度、角度、深度迥然不同，当你立于山下，眼前的山如庞然大物，而你只有将其踩于脚下时，才会豁然开朗傲视群峰。正所谓"会当凌绝顶，一览众山小"。

　　你在美国著名高校学习知识、摸爬滚打，磨砺出平和心态、冷静思维。如此，今后你遇到什么样的疑难问题还会畏首畏尾无从下手吗？

　　又比如，提升素质。素质是可以通过自身学习和环境影响后天提高的。这就有了国内教育界的"素质教育"、你们中考时的"综合素质评价"，但由于起步晚、操作差，大多流于形式，收效甚微。现在你能到美国正好可以亲身体验另一种教育理念，汲取使人充分发展、实现价值的素质、能力和方法。

　　我以为，素质或者说素养看似虚无缥缈的，又是具体实在的；看似内存于身的，又是外显于人的；看似先天形成的，又是后天修养的……需要持之以恒地从日常处研习、细微处积累、关键处提升，达到强化自身创新的精神，提升实践的能力、攻坚的毅力，培养接人待物、为人处世的超然心态。

还比如，优化性格。人们通常认为命运得益于机遇，而我以为抓住机遇则受益于性格，性格对命运的左右不亚于机遇，正所谓"性格决定命运"。有什么样的性格，就有与之相应的命运。一位过来人在报刊上感慨"性格的培养远比上名校重要"，真是一针见血啊。

如果说我们的性格在国内生活学习形成并与之适应的话，如果说过去的性格还有什么缺陷的话，现在置身文化不同的国度，接受理念方式有别的教育，交往国籍民族各异的人士，通过观察了解，取长补短，正可以修正优化自己的性格。如，是否可将西方人的讲规矩、偏自信与东方人的讲灵活、偏谨慎的习性融合互补？做到既坚忍又灵动，既果敢又缜密，随和而不随意，变通而不变节（姑且在此把"节"视作"原则"），自信而不自傲，冒险而不冒失，以使自己今后能游刃有余于各个地方、各种环境、各类人群及各样情形，去适应并融入瞬息万变的社会，赢得并把握稍纵即逝的机会。

……

显然，我们的留学可否从学知识到增见识、从学专业到强精神、从学必然到循自然？一句话，从物到人，即由专注物化层面的知识、专业，到拓展精神层面的境界、特质。这是我们的希冀，也希望是我们的优势。

二

"学这些有什么用？"你或他人也许会这样问。

我说，用处多多，惠及一生。详细说可以再作一篇或数篇文章，简单说就是"可以有不一样的人生"。

作为印证，在此借用"一本书一句话（微博）"的一段话："有人会问，女孩子上那么久的学、读那么多的书，最终不还是要回一座平凡的城，打一份平凡的工，嫁作人妇，洗衣煮饭，相夫教子，何苦折腾？我想，我们的坚持是为了就算最终跌入烦琐，洗尽铅华，同样的工作，却有不一样的心境；同样的家庭，却有不一样的情调；同样的后代，却有不一样的素养。"

负笈美国学什么？这只是我突发奇想的问题以及简单粗浅的探讨，权作一家之言,合不合你意,切不切实际,我姑妄言之了,你姑妄听之吧。当然,如果你再就此思考一番,或者参考一二,那我是求之不得,也心满意足了。

2013 年 2 月 26 日

哈佛大学：你走进，我走近

一

这是一个值得记住和庆贺的日子！3月5日，你梦寐以求而又不敢奢望的美国哈佛大学给你发来研究生OFFER。

△必须清醒地认识到，进入哈佛固然是喜事，但求学哈佛并非易事，而立足哈佛更非坦途。

△人的发展轨迹、行进状态难免是波浪式的、螺旋式的，甚至是跌宕起伏的。得意莫忘形，失意别失措。这是句值得永远铭记的俗话。

接到你的报喜电话，我的第一反应是问"是否确认"。你说，当时收到电子邮件短信通知后的最初反应也是如此，连忙打开邮件，反复细看，肯定之后才告诉我的。从你急切和微颤的声调中，能听出你的激动和喜悦。

这是一个值得激动和兴奋的喜讯！因为你为此付出了太多太多、期待得太久太久。就像一位马拉松运动员艰难地跑完全程冲过终点线，就像一个攀登者历经艰险登上顶峰一览众山，梦想成真，怎不情不自禁、怎不欣喜若狂？

此时此刻，虽然我们的内心也很高兴，却未作声张。但得知有人从你的QQ签名变动中就看出"异常",我们很是惊讶,你如此张扬?后来一看原来是3月6日晚你将签名改成了"GSDMLA!!!"。好在是英文缩写,尚不算"扎眼"[其实是:哈佛大学设计研究生院 GSD(Harvard University Graduate School of Design)景观专业硕士 MLA(Master of Landscape Architechture)],也就没管没问了,心想让你"疯"一把、乐两天吧。

确实,碰上这样的喜讯,不激动、不欣喜那也是不真实的,甚至是矫情的。虽然你已届经历悲喜的成年,曾是同学眼中的"冷静者",终难掩人之本能,也是可以理解的。

二

你可以走进哈佛大学,这将改变甚至提升你的人生。

听听哈佛大学是多么牛气地激励准备录取的学生:当我们给你们OFFER时,就是押注认为你未来会成为该领域的领袖的,我们就是培养本行业领袖的……瞧瞧,多么励志。看来哈佛大学也很精通鼓动擅长宣传,当然这是以实力与实例作支撑的。

我将可以走近哈佛大学,因为你的走进。这将影响我们的余生。

以我的经验:人们只有与某地、某人、某事有关联时,如自己或亲友去过、见过、经过,才会超乎寻常超过他人深入地去关注、去探究、去记住它们。是故,以前我们以任何形式知晓哈佛大学等名校,都是"局外人"的好奇,近乎仰视地探听。那么此后,我们则是以"关联者"的心态关注、了解、解析、审视它了。

巧的是,3月6日央视4套报道英国《泰晤士报》发布"世界大学声誉排行榜",前三甲仍然是美国的哈佛大学、麻省理工学院和英国的剑桥大学。放在往常,这样的新闻我会看一下,而眼下则是看了三四次。这就是关联的魔力,走近的反应。

三

得意莫忘形,失意别失措。这是句值得永远铭记的俗话。

我们必须清醒地认识到,进入哈佛大学固然是喜事,但求学哈佛大学并非易事,而立足哈佛大学更非坦途——

从外部看，能闯进哈佛大学的不说个个都是"人尖"，大多也能算作"云彩里伸腿——不是'凡角'（脚）"吧。看看与你同批录入的学生，大都出自清华、北大、复旦、同济，而这些都是你当年高考想进而未能走进的高校；看看资料是如何评介的——哈佛大学是一所在世界上享有顶尖声誉和影响力的学校，也是"竞争最激烈的大学"之一，其录取的四大标准之一就是学生需要"有强大的抗压能力"。

准备着再吃一番苦、再拼搏三年吧。对于到哈佛大学的压力大、竞争激烈、难事众多等等，我也曾多次向你提醒过。你的回答还算有拼劲有血性：就算现在避开哈佛大学（譬如选择也给了OFFER的美国宾夕法尼亚大学等学校），毕业后就业时或工作中也要与他们的学生竞争。言下之意是不如现在就迎难而上同场竞技吧。

从自身说，人的发展轨迹、行进状态难免是波浪式的、螺旋式的，甚至是跌宕起伏式的。以世俗的运势观，你的运气也许又走到了一个高点，期望好运连连高点迭现可能只是良好的愿望，出现回落跌入低谷也属正常。就像中考时，你走上一个高点进入省重点高中合肥一中，随后就是很长一段不得不适应、蓄势的平台期——处在班里中上游；高考时又爆发了一下，拿到了班上前六七名的考分；现在……

准备着对付低潮期的反差、跟不上的烦恼、心理上的失落吧。语言关、学习关、生活关、人际关（不同国别、民族、文化下人际关系交流沟通难题）大概是眼下你起码要过的"四关"（与三国关羽的"过五关斩六将"只少一"关"哟），而且，关关是难关、是硬仗、是持久战。

对此，首先稳定心态。既放下录取后的狂喜，也放下对名校的畏惧；既放低身段，又坚守信心；既及时发现问题，又不急不躁。一句话，过去一切归零了，现在一切从零起。

其次寻找对策。既然我们知道前途有道道关隘重重困难，既然我们是明知山有虎偏向虎山行，像有人说的"出国留学是一条没有退路的路"，就应坦然面对困难，积极尝试化解办法：如寻求老师指点、拜托同学帮助，当然更主要的是自己动脑筋、找对策、渡难关。

再次创新模式。你在本国生活了二十来年，在中式学校学习了十多年，一下子进入陌生国度、面临全新学习、结交各色人等，原来长期形成的熟悉的有效的原则、规律和方法，有些或许在异国他乡还能沿用，更多的要因地制宜调整思路、了解熟悉、学习掌握，在一番应对之后，最为关键的是摸索出适应美国及哈佛大学特点和节奏的学习、生活新模式，这样才能在那里可持续性地应付自如，也为今后在任何环境谋生奠定适应能力。

四

写完这段文字走出书房，迎面看到你房间门上倒贴的"OFFER"，那是今年春节前等待申请通知的日子里咱们自娱自乐贴的"门对子"，不由得会心一笑：任何美妙的期盼都是建筑在实在的努力之上的。

2013 年 3 月 8 日

等待通知中的 2013 年春节，写在房间的"门对子"：意为 OFFER 到了

"代"你写封致谢信

在4月15日给发出OFFER的高校回复截止日期的前几天,美国宾夕法尼亚大学景观系主任给你发来一封简短邮件:"我能做点什么,帮助你决定来宾夕法尼亚大学?"你回邮件说,因为又收到哈佛大学的OFFER,因此选择耽误了些时间,并又向他询问一些宾夕法尼亚大学景观、规划专业的情况。没想到很快他就来了电话并发来一封长长的邮件,详细回答你所关注的问题。

△我之所以自告奋勇甚至涉嫌越俎代庖地"代"你写此致谢信,是因为想传递这样一种感恩意识:时常记得、经常做到毫不吝啬地"对所有帮助过自己的人说声'谢谢'"。

于是,你觉得不知道如何回复好了:拒绝,有点不忍心;接受,有点不甘心。

我的建议是赶紧回封邮件表示感谢。如果你对此还觉得把握不好表达不准的话,那么我来试着为你"代"写一封致谢信供你参考吧。

尊敬的××教授:

您好!

人间四月天,大地回春时。我所在的中国广州早已春暖花开,从世界地图看你们那里纬度更高些,是否也拉开了春天的帷幕?

您的两封邮件我都仔细拜读了,邮件本身及内容让我如沐春风——

您是认真负责地联系。尽管发这两封邮件可能是您的本职工作应尽职责，但同样是工作，负责与否做法不同，效果迥异：简单地发封邮件问一下，来不来随便是一种；尽最大努力介绍情况打动人心则是另一种。显然，您很好地做到了后一种。

您是坦诚地介绍。当我告知因为哈佛大学也来了OFFER，使我可能考虑选择它。从某种角度说，哈佛大学与宾夕法尼亚大学似乎是"竞争关系""同行冤家"，如果我倾向哈佛大学对你们而言或许是件尴尬的事。但您仍坦诚、平和地向我分析了哈佛大学与宾夕法尼亚大学的景观专业实力近于伯仲，肯定了哈佛大学的优势在于平台更大、资源更多、名声更响。同时，您也自信地推介宾夕法尼亚大学规划与景观专业的特色、优势及今后的发展设想。没有常见的对竞争对手轻蔑贬低的言辞或绝不夸赞的做法，真的令人惊喜和感佩。

您是平等地沟通。虽然我们素不相识，又分处两个国度，听声音估计还属两代人，而且您是主任，是主人，我是学生，是客人。但您能以平等的姿态联络沟通，似乎带着中国先贤孟子所说"得天下英才而教育之"的君子之乐。

说实在的，您真诚负责的联系与介绍让我对宾夕法尼亚大学又增加了几许好感，当然选择时又多出几分犹豫，以至于当我选择了哈佛大学后，总感觉是否拂了你们的好意？真不知该如何给你们回话。虽然不一定成为您的学生，但我已从您的言行中受益许多，如果多年后我也成为老师或教授了，想必也会像您这样帮助可能或已经成为学生的年轻人；虽然不一定成为您的学生，但我希望今后仍能得到您的指点及合作的机会，或者成为您的"校外学生"。

中国伟人毛泽东说过，"一个人做点好事并不难，难的是一辈子做好事"。我套用一下向您表示敬意和谢意：一个人为熟人做点好事并不难，难的是为与自己素昧平生的陌生人做好事。

"好人有好报"是中国人习惯说的祝愿语，也借过来，愿您有好报好运；也愿大家都做好人，常做好事，都有好报。

李辛慧　敬上

这样的思路与写法，你看如何？如果能为你认同或采用，那我是不胜荣幸之

至,因为它多少表明我还保持着一颗年轻的心。

  我之所以自告奋勇甚至涉嫌越俎代庖地"代"你写此致谢信,是因为想传递这样一种感恩意识(同时也想由"代替"你到"带动"你):时常记得、经常做到毫不吝啬地"对所有帮助过自己的人说声'谢谢'"。尤其是这次申请留学过程中那么多的人给予指导、帮助,这既是温暖,也是财富,值得珍惜,需要道谢。不是吗?

2013 年 4 月 15 日

"波士顿爆炸案"冲击波

4月16日一早,得知美国波士顿马拉松比赛现场(当地时间4月15日下午2:50许)发生连环爆炸,造成至少3人死亡,百余人受伤;随后又传来消息"一名中国公民在爆炸案中不幸遇难,另有一名中国公民受伤",其中,中国驻纽约总领事馆官员表示,遇难者"家属不愿公开死者姓名",受伤者是"在波士顿大学就读的中国留学生周丹龄"……有关波士顿爆炸的信息纷至沓来,令世人震惊,也令我心情沉重复杂。

世间人或事就是这样:当无缘无故时,"波士顿""爆炸案"等等我们会关注,但可能觉得它很远、很远;而当我们或亲友与其有或将有关联时,我们在关注时就会感到它很近、很近,甚至有切肤之感。

这一爆炸案对我就有切肤般冲击。因为,4月12日你才回复位于波士顿的哈佛大学,决定到该校读研。此前多所美国名校给了你OFFER,在反复比较斟酌选择时,学校所在地的治安状况就是一个特别重要的考虑因素;在咨询曾就读麻省理工学院并留在当地工作的同学时,听到是波士顿还比较安全。谁想到,就在你将去波士顿之际出了这档事,使我忐忑彷徨:去美国选哈佛大学,喜或忧、去或退?

尤其是起初"遇难者家属不愿公开死者姓名"时(后其家人同意并公开吕令子姓名身份)网络上出现的争辩,透露出的赴美留学似有"原罪"的社会心态让人不寒而栗。"不愿公开姓名"本是遇难者家人有权采取的一种处置方式,或是出于保持平静不放大伤痛,或是保护隐私不伤及难言之隐,不想却引起轩然大波:"官二

代""富二代"帽子飞舞,"风凉话""诘难话"不绝于耳,让本想安宁的遇难者家人背负意外和额外压力,让准备赴美留学者感到阵阵凉意和寒意,也让不了解中国文化背景及社会现状的外人莫名其妙心生诧异……

  这一爆炸案对你或有心理阴影,对我们这样年过半百,也曾知晓美国"9·11"恐怖袭击事件的人来说都有着不小的冲击。它对你这样满怀憧憬、拼搏了一两年即将赴美留学的学子来说,是否会产生阴影?

  我想,这个事要专门告诉你,你已到了应该面对可以承受任何天灾人祸的年龄,何况当今网络社会这样大的事早已是信息铺天盖地了;我想,也要考虑你是否需要心理疏导:任何时候任何地方风险和危险都是可能存在的,人们甚至人类都会尽最大力量消除危险,并在与之斗争中顽强地前行着的。

  令人稍感欣慰的是,你已知道此次爆炸事件的相关信息,而且并没有被其吓倒,只是有些忧虑会不会因此赴美签证控制更严难以办成,致使留学努力付诸东流前功尽弃?应当说你的担心不无道理。

  这一爆炸案对美国将有巨大影响。这一自"9·11"以来最严重的,已被定性为"恐怖袭击"的爆炸事件对美国的影响是不言而喻的,它再次重创了美国人逐渐恢复起来的安全感和自信心。专家或舆论都认为,美国或将重新评估本土面临的威胁,重新调整反恐战略。可以预见到的是,最急迫最有效的就是加大反恐投入,加强安保措施。随之而来的签证的从紧、安检的从严、反恐的从重等等并非没有可能。

  不过我想,如果真是这样做了,对正正道道的留学往来、平平常常的民众商旅来说未必不是将坏事转化为好事:"9·11"后,美国就在极度重视下有了数年的精心防范期和相对平静期。

2013 年 4 月 17 日

想到？就做！

我有一方闲章，上刻"想到就做"几个字。也许你觉得不解：又不事书画，要这样的章干吗？

△"想到就做"，寥寥四字，包含"想"与"做"两个层面。"想"是先导，"做"是行动。不"想"没有"做"，"想"了才有"做"。光"想"不去做，只能是空想。

是啊，"想到就做"，普普通通，既不是名人名言，也不是警世警句，为何念念不忘、刻到章上？

其实，这只是我的一点点感悟，或者说也是一段段教训。

说起来我还算是较早感知"想到就做"的价值的，至今也有二三十年了。其间饱尝了"想到就做"的欣喜和"想到未做"的酸楚，领教了两者的神奇和厉害。就为这，我专门请人刻章，以提醒告诫自己。但就是这样，仍然是一边在念叨，一边留叹息：常常起了个大早——想到了，却往往赶了个晚集——没做到，现今还在与之缠斗为之懊恼。

一两年前我嗓子不舒服，吃过一种含片，效果不错，包装简约。只是袋子一拆开，含片极易受潮发黏，甚至与包装袋黏得"难舍难分"。当时，我就想，给厂家提个改包装建议，没准还能得个"终身免费服用"的奖励呢。结果东拖西拉迟迟未做，再见此含片时其包装已"旧貌换新颜"。想必是其他"所'想'略同"之人已"捷

足先'做'"了。这至少表明自己"想到"的也能为别人感同身受、厂家认同接受，说明这个想法是成立的，只是自己没做到，让好好一个想法打了水漂。

类似这样的遗憾还有许多，我的职业及爱好需要写点东西，时常想到一些话题议题，如是及时写出刊出或许新鲜新颖引领舆论，但总是磨磨蹭蹭未动笔，结果让相似的文章先声夺人了；还有，明明想到该与某人见见聊聊、应把某事办办做做，却因为这碍于那久拖未动，以致后来都不好意思再说了……

真乃想易做却难，知艰行更艰。今日解剖自己此项教训，权供你引以为鉴。但愿你没有这样的经历这样的烦恼。

"想到就做"，寥寥四字，包含"想"与"做"两个层面。"想"是先导，"做"是行动。不"想"没有"做"，"想"了才有"做"。光"想"不去做，只能是空想。

那么，我们缘何会常常"想到"，而往往没有"做到"呢？

懒惰有余是一个主因。在人的诸多劣根性中最常见最顽固的一个莫过于惰性了，懒懒拖沓，误时误事。而惰性的顽固及反复，就在于自我安慰自找借口：昨天时间不整算了，今天情绪不好算了，日复一日年复一年，黄花菜都拖凉了。

自信不足则是另一个原因。想到了，又有点不确信，心里嘀咕这个行不行？自己能不能？人家认不认？几番犹疑，一再耽搁，想到时的冲动冷却了激情消退了，想法也就搁置下来了。

只有"想"到"做"到，才是知行合一，才是水到渠成。

"想到就做"，当然要建立在想的靠谱之上。不切实际的凭空幻想，做不到必然劳而无功；不明事理的胡思乱想，做起来难免南辕北辙。合乎情理才值得做或能够成。

"想到就做"，当然要在想到之后加以辨析。自然而然想到的多基于学识与经验，或有局限、缺陷；奇思妙想想到是多属于灵感与敏悟，或有风险、疏漏。思辨一下恰好可以纠偏堵漏。

就我的经历而言，在"想"与"做"两者中，吃亏最大的就在于"做"功不足，特别要补上这一短板；

就你的现状来说,在"想"与"做"中,既要抓住"做"字,更要拓展"想"字。不用怕做不到,而就怕想不到。多想、敢想,之后无非是多借鉴借鉴胡适老先生的"大胆设想,小心求证"思路与方法罢了。大胆设想是找出路径的可选性,小心求证是分辨路径的可行性。

2013 年 5 月 5 日

生活能力，你小瞧了吗？

一

生活，什么是生活？如何生活？一看到这样的词语和句子，人们似乎要把它们与"人生"这样宏大精深的话题相提并论或相互联系起来。这确实是值得思考和探寻的课题，但不是我们今天要交流的话题。在此，只想切入日常生活这样一个小小的分支，讨论一下。

△生活的态度决定了生活的质量与品位，也决定了生命的高度与品质。

△生活能力是日积月累的，也是习惯养成的。它不仅保障了基本生活，也丰富着生活内容和色彩。

翻开词典看看，生活是指"人或生物为了生存和发展而进行的各种活动"。它涉及"生存与发展"，包括了"各种活动"，够大够广的噢。好在"生活"的释义中有一个义项是"衣、食、住、行等方面的情况"，这正是我想要说的，也足够我们说一阵子了。

为什么要讲生活，而且具体到衣、食、住、行这样的生活内容？这是因为你即将赴美读研，开启全新生活，而这全新生活中既新又难的大多是在异国他乡陌生环境独自面对并不熟练的衣、食、住、行等现实问题。

二

那么,看看美国人的衣、食、住、行是什么样子的,你该如何适应与衔接?你该以什么姿态面对挑战和创新生活?

衣,美国人遵循实用舒适,甚至不修边幅,远不是我们通常以为的西装革履燕尾礼服,也远不是奇装异服一天一换的。入乡随俗,你等尚靠父母资助的留学生,大可不必在穿着上花费太多的金钱与精力,把钱用在刀刃上、把精力花在必需上才是正道。

食,美国人崇尚简单省事,不考究色香味觉,少变化花色品种。要想与在家时的饮食习惯接轨,大多靠自己动手、自创自制,那就不要怕麻烦费事,其辛苦的代价是从自制中找到乐趣。当然,也可借鉴他们科学简捷的长处,重在保证饮食的质量数量能量,不过多在色香味上纠缠不休耗费时间。

住,美国住房比较宽松,住个楼上楼下的别墅,有个前后草坪的院子,稀松平常。但这不属于你们,你们是"寄人篱下"的房客(甚至会三番五次地搬"家"),几个人合伙租住,共用厨卫,设施简单,基本上也就是满足烧烧饭、睡睡觉而已。在这样的空间和条件下,让生活有序有趣是需要甘于吃苦善于动脑的。

行,美国堪称是"车轮上的国家",几乎家家有车,甚至人手一辆。不过,这与你们留学生还有点遥远,你们短期内还没有太大财力购买车辆驾车出行,打的也算是有点奢侈的事,较为靠谱的则是乘公交、坐地铁,或步行,或骑车。对此,要有足够的认识,坦然地接受。其实,想想这也没啥,走走路、挤挤车就当作锻炼了,放松了,还省钱了,有啥不好呢?

……

三

如此看来,尤其在美国生活难又不难,关键在于你怎样面对,如何创造——

生活态度。生活有主动与被动、积极与消极、进取与颓废、坚强与畏惧之分。

父母给了我们生命,自然供养我们生存。不管自身天赋高低、机会多寡,也不管拥有财富几许、天年几何,都须珍爱生活使之丰富而多彩,滋养生命使之丰满而完美。

故而,对生活乃至生命应当是积极的、进取的、坚韧的。这不仅是一种态度,更是一种能力,也会成为一种艺术。显然,生活的态度决定了生活的质量与品位,也决定了生命的高度与品质。

生活方式。芸芸众生的生活方式从来都是多种多样千姿百态,富有富的活法,穷有穷的过法。但对咱们工薪家庭、普通学生而言,还是简单实用节俭朴实为好,维持体面保障尊严足矣。比吃比穿,斗富耍阔,那不是我们的风格,也没那个必要。当然,私下里自嘲一下:也是没那个实力哟。

生活能力。每个人生活能力的起点和强弱是不同的,特别是在国内生活上的事家长包办了,孩子也就不操心不操练了,出现不少人近乎生活的"低能儿"。留学在外,生活百事没有了家长代劳,只有靠自己张罗。这是生活所迫,也是改变契机,只要勤于实践用心感悟,生活能力就会不断提高,自己也将从中受益。

生活乐趣。如同"生活中不是缺少美,而是缺少发现"一样,生活中的乐趣在于发现,更在于营造。二十多年前,我去大别山区作业,在一个山沟沟里的地质队搭伙,食堂菜谱上一"雪中太阳"菜名让人好奇,买来一看,原来是咸肉蒸荷包蛋,微微隆起的蛋黄如太阳,薄薄摊开的蛋清似白雪,呵,好形象好优雅。一种平常得不能再平常的食材、一处偏僻的不能再偏僻的山乡,竟想出这般有趣的菜名,这么多年我未曾忘怀的怕不是它别致的菜味,而是那份自得其乐的趣味吧。

不是吗?当你激情澎湃拥抱生活时,就会拥有乐趣;当你热情洋溢经营生活时,就会营造乐趣。在生活中找到乐趣享受乐趣,乐趣又会活跃生活改变生活,良性循环,其乐融融也。即便是苦涩袭来,也不妨尝试苦中作乐,学着化苦为乐。

生活品质。说到"生活品质",常常被认为是以物质为基础金钱为支撑的,常常被视为是绅士贵妇专有纨绔子弟专享的,仿佛过上锦衣玉食生活者才配有。其实这只是一些人眼中的生活品质。野百合也有春天,市井小民同样可以活出自己独特恒久的生活品质:穷学生背靠大树席地而读,这是他的悠然;修车人一天风吹日晒之后,擦去满手油污,就着花生米、豆腐干喝两杯解解乏,这是他的惬意。"低成本、高品质",这个可以有。

四

生活是平常的、琐碎的,但生活又是丰盈的、可控的。需要我们学会——

在生活闲事中营造情调。自己动手调制、烹调出新颖可口的饭菜,会在大饱口福中品出成就感;在房间里养几盆花,起床后、喝茶时花上三五分钟动手浇浇水、剪剪枝,端详一会儿,遐想片刻,也会生出阵阵轻松感;在四壁空空的墙上,动手悬挂张贴上你们学习过程中绘制的素描、设计图,也会让临时之家平添生气洋溢惬意。

在生活杂事中提升情商。要生活就会有杂事,生活杂事是生活的一部分,因此爱生活就不能厌烦生活上的大小杂事;自己生活上的事又不仅仅是个人的事,它还与别人有千丝万缕的关联,因此还要多点互助意识来点合作行动;个人的事也会牵扯别人影响别人,因此你不能高兴就唱就跳让人家睡不了觉吧……如何处理好做自己的事与他人的关系大有学问,需要慢慢琢磨细细发现。

在生活小事中增长智慧。生活小事大有学问甚至还有科学,比如,了解食物的营养搭配与科学烹调,吃得放心开心;知道天气对身体和情绪的影响,穿得舒服舒心;熟悉出行路线的经济合理选择,行得省心省钱……在这方面动动脑筋操操心,既科学地解决了日常生活事务,又积累了知识增长了智慧,划得来。

在生活俗事中锻炼放松。你们学习紧张,教室一蹲半天一天,制图一画三五小时,难免头昏脑涨腰酸背痛。躺下来睡一会儿当然是常规手段,可腰背放松了大脑未必能轻松了。而转换一下行为模式,改变一下注意力,有助于大脑和精神松弛下来。那么,何不随手收拾收拾衣物、择择菜洗洗碗来放松紧绷绷的头脑呢?何不就手拖拖地擦擦桌、打扫打扫卫生当作活动筋骨锻炼身体呢?这些内务卫生俗事免不了要做,寓于放松锻炼中处理不是一举多得吗?

生活能力是日积月累的,也是习惯养成的。它不仅保障了基本生活,也丰富着生活内容和色彩。不可小瞧哦。

2013 年 5 月 11 日

请试着在美联系上她们

在你将要赴美之际,我们准备这、叮嘱那,另外还有件事请你到美国后抽空办一下,就是试试看能不能联系上那几位女孩,好把为她们所拍的照片转交给她们。

△人们的美好印象往往就来自点滴小事,对一个地方一些人形成什么样的看法大抵也如此。所以,小事不小哦。

那年路过一城市广场,我随手拍几张街景,4位美国女孩恰好在留影,便以她们为景拍了两张,给她们看后几人颇为兴奋。也许是感觉拍得还合意,当我已走开二三十米时,一位女孩追了过来,递上一名片,比画着指指上面的 E-mail,猜其意思是希望能将照片传给她们。拍了能受人欢迎并被积极讨要的照片,我当然乐意给,便也比画着表示一周后传给她们。

然而,后来我虽及时按邮箱地址传了照片,却一直未见"收到"的回复。想打电话询问,无奈言语不通只好作罢。你假期回家,也请你试着打过,仍没能联系上。至今不知她们收到与否,渐渐成了一桩心事:好事变成了憾事、坏事?

之所以几次三番地要联系上她们,尽快将照片传给人家,是因为当初她们的请求和自己的允诺,也缘于一个中国人在几位美国人眼中的信誉。虽然,我及我们此前做过种种努力,也算是尽心尽力问心无愧了。但是,毕竟还不确信人家是否收到照片了,如果没有,她们就仍有可能及有权利不解、误解。

人们的美好印象往往就来自点滴小事,对一个地方一些人形成什么样的看法大抵也如此。所以,小事不小哦。何况,还是有着民族文化差异、国度地域不同的人们之间呢。

也许你到了美国后电话好打通、邮箱好传照片了,那或许能留下一段佳话;也许你还是联系不上她们,但那样或许能再减轻几分双方(如果她们能感知这一切的话)的遗憾了。

再做一次努力,但愿事不违愿。

2013 年 6 月 2 日

4位美国女孩的合影

善于"善后"

"万事开头难",这一经验之谈经典俗语给人的烙印太深影响太大,以致几乎人人都极为看重"开头""第一印象"而极易忽视"收尾""善后",以致"虎头蛇尾""善始没能善终"也成了许多人的通病。

△"开头"固然重要,"善后"亦不可马虎,缺憾的"善后"往往使良好的"开头"黯然失色甚至前功尽弃。

其实,"开头"固然重要,"善后"亦不可马虎,缺憾的"善后"往往使良好的"开头"黯然失色甚至前功尽弃。

想一想我们是否这样"病"过?

——见面时热情招呼,最后不辞而别?

——向别人求助借物,事后没谢忘还?

——使用物品,用后不知收拾整理?

——留下疏漏,其后不去补救挽回?

……

有!有过很多,我有你也有,大事有小情更有。有些是想到了没做到,更多的是没想也没做。究其原因,就在于我们还缺少"善后"意识,更未能形成习惯,图省事嫌麻烦,故而留下诸多"后遗症"。

据说德国家庭常常从小培养并训练孩子自己收拾、善后的习惯:刷牙时若牙膏沫飞溅到镜子上,一定要用手或毛巾擦掉;使用完浴室和厕所后,务必整理干净;开门后要随手关门,离座后要将椅子恢复原位;等等①。从这些小事养成"善后"的习惯,利人更利己,彼此都能轻松方便地生活,相互都能开心和谐地相处。

记得在家时,你每次冲澡后我都提醒你把地面积水拖掉,说得可能都让你嫌烦。为什么呢?因为你不拖掉水,我们进出卫生间时鞋上都带水,烦。

由此推及这样的情况出现在你们学生寝室,别的同学烦不烦?你们宿舍五六个人共用一个淋浴间,先洗的人把里面弄得湿漉漉乱糟糟,不清理"善后"拔腿走人,后洗的人下不了脚放不了衣,会不会也皱眉头心不爽?天长日久,轻者直言报怨,重者心生积怨,如果再处理不当,这小小的矛盾会不会成为"爆发"的诱因和"开仗"的焦点?

这就是我拖掉积水几次三番说来说去的主要原因,当然,还想由此及彼举一反三提醒你做任何事都想到"善好后":

"善后"与否,体现的是意识,折射的是对人的尊重。只有有了尊重他人的意识,才能有"善后"的自觉;同样,只有主动"善后",才能更多地赢得他人的敬重。

"善后"好否,体现的是能力,折射的是做事的责任。知道"善后"还要善于"善后",及时、诚意、负责的言行,可以消弭许多误解和矛盾。

显然,如果尊重人不够、责任心不强,虎头蛇尾,神龙见首不见尾,就算头开得再热情、话说得再好听,又怎能留给人完美的感受?又怎能期望今后融洽地交往?

2013年6月6日

---

① 据2013年5月27日《文摘周刊》(摘自《简单就好,生活可以很德国》一书)。

到你学校"认识"你

应你"邀请",我和你妈妈一起赴广州参加你的大学毕业典礼,一则是你在中山大学老校区几年我们一直没去过,二则祝贺你名列优秀毕业生。

△我以为,要真正了解一个人,除了听其说听人说,除了观察其接触其,最有效的还是能到他/她生活的地方走走看看,亲身感受其生活的环境和条件,就能感知他/她会是个什么样的人:"一方水土养一方人",在什么情景生活、怎么样生活,就会形成什么样的习性。

正值毕业季,古朴的校园与青春的学子仿佛时空穿越,却又相映成趣:林荫间、绿茵上比比皆是合影留念、握手道别、相拥祝福……令我们这样大学毕业已达30年之久的"老人"羡慕好奇、浮想联翩。

在确定去中大时,我即提出几点"要求":去你们的制图室看一下,到你们的学校食堂吃一次,进你们的宿舍坐一会儿(当然另一个重要任务是帮忙打包托运行李物品回家),在你们的校园转一圈。其他则是遇到什么看什么,看到多少算多少。

之所以提出去这几个地方亲眼看看亲身感受,是为了更多更好地了解你。父母需要不断地"认识"子女,尤其是当他们长期独自在外时,只有不断了解才能更好交流,才能"唠叨"到点子上。反之,子女也要了解父母,才能更好地理解,才能更多地体贴(这当然主要是你考虑的事了)。你到外地求学后,虽然每年有寒暑假团聚,日常有电话书信联系,却总还是有"纸上得来终觉浅"的感觉。

之所以提出去这几个地方亲眼看看亲身感受,也是因为那里是你在校园待得最多的地方。我以为,要真正了解一个人,除了听其说听人说,除了观察其接触其,最有效的还是能到他/她生活的地方走走看看,亲身感受其生活的环境和条件,就能感知他/她会是个什么样的人:"一方水土养一方人",在什么情景生活、怎么样生活,就会形成什么样的习性。

——走进你们的制图室,它位于校园西北一隅。一个简单普通的小院,一座三四层小楼,一间三四十平方米小屋,几十张架着图板的桌子把整个房间挤得满满当当……这似乎与国际化的广州、现代化的大学有些反差,但它就是中国"985"高校的一个真实场景。

因为许多次联系你时,你都说还在制图室没回宿舍,同时还有一些同学也在。在这样的地方一待一天,一熬一夜,是要有点定力的,青灯之下,面壁苦学,枯燥劳心,疲乏劳力。不过,这也至少有一个好处:经此苦行僧式苦读的打底,还怕什么炼狱般苦差的挑战?

——走进你们的食堂,它更像是个小餐厅或小吃部。原来如今的大学食堂已不像以往,几百号人蜂拥就餐,大锅饭大锅菜,没的挑没的选。现在有不同类型的餐厅,就是同一餐厅也有两三家供应商零距离竞争,学生可以先扫描一番,然后再选择购买。

但食堂毕竟是食堂,和家里的饭菜不能比,一年半载吃下来不免"吃伤了"。你也曾经很吃不惯,成为我们一大头痛事。不过到后来你吃着吃着就吃明白了:人是铁饭是钢,填饱肚子为大。

为此,你有不少用餐是叫外卖。当时我们曾觉得这样虽口味好,但花费高,不是长久之计。现在看来,从常待的制图室跑到食堂就餐来来回回前前后后要一两个小时,叫外卖的一大好处是节省时间;何况你3年获得国家奖学金,也"挣回"一点小钱,从保证重点、抓大放小的角度看也就没有什么好嘀咕的了。

——走进你们的宿舍,由于即将毕业离校大家都在收拾东西,不大的房间充斥着大包小箱,几无"立足之地"。估计就是放在平时也好不到哪里,因为房间就那么点大,又住着6个人,各人还有一摊生活用品学习用具,想必桌上、走道总是堆得

满满当当的,阳台、浴室也是挂得花花绿绿的。所以你说是把宿舍当作"客栈",只有睡觉才回来,此话信也。

当然你成天泡在制图室或图书馆,还有宿舍人多嘈杂、作息不一的缘由。这也是实际。一个宿舍五六个人,来自五湖四海,家庭背景不同,性格习惯有别。你的策略是少碰面少接触,少摩擦少矛盾,似是明智也似无奈。

其实,每个人都是一本"书",长短厚薄各有千秋,粗粗浏览细细品鉴多少都会有所启迪和警示;每个人都有真善假丑的因子,只是看我们如何多激发真善,少引爆假丑,为和谐相处携手共进增大公约数,减少冲突点。像你室友中有的来自农家,有的敦厚耐劳,有的活跃开朗,与城里长大、独生子女的你起点和经历明显不同。如果用欣赏的眼光,从她们身上不是可以"读"出一些他人之长自己之短吗?

中山大学2013年毕业季校园

——当然,我也算是在你们的校园粗略地转了一圈,从似火骄阳直射满园青翠的清晨,到珠江畔北门口广场舞酣的夜晚;从岁月斑驳的乙丑进士牌坊,到历久弥新的中山先生校训。在广州这大都市的版图上,中山大学老校区或许称得上是"城市绿肺""人文明珠"哦。

　　如果说,制图室、宿舍、食堂"三点一线"是你大学生活的主要轨迹,那么,古朴厚重青翠典雅的校园就是你青春人生的重要舞台。这些点、线、面塑造了你及你们的学风基调、生活模式、交往逻辑、人生态度。

　　如果说,大学是个小社会,是大社会的入口处,那么,你们在给学校增添色彩活力的同时,也承载了母校的深厚烙印。这种增添与承载锻造了你及你们进入社会将要扮演的传承与改良的复合体角色。

　　这短短两三天,我及你妈妈对你"认识"的范围及深度又加大了,来参加你毕业典礼的初衷达到了;同样,我和你妈妈同来,对你也是慰问、鼓励、呵护,因为此时到学校来的父母很多,父母都来的有但毕竟不多。这一切对我们来说是收获之旅,对你来说是温馨之聚。算是皆大欢喜喽,对吗?

2013 年 6 月 30 日

将与寂寞面对面

对于当今世界仅有的超级大国美国,既往的描述和传说,多少给人这样的印象:那里是高楼林立、车水马龙、奢华光鲜、热闹非凡、光怪陆离、纸醉金迷的花花世界……

然而,听听当地华人"好山好水好寂寞"的感叹,我们或许能咂摸出美国的实际状况与国人的惯常想象有不小的反差。

透过华人感慨的寂寞,我们至少能感知美国的另一面,而认识全面的美国;我们或许能知道华人在美的寂寞是怎样产生的,又该如何应对。

对即将赴美的你来说,不免将与寂寞面对面,清楚这些就可能少一点失望,多一点适应。

△赴美后难免与寂寞相伴与孤独为伍,这甚至会成为生活的常态,躲避不了,害怕没用。怎么办?只有首先面对寂寞,然后适应寂寞,进而守住寂寞,直至享受寂寞。

△适应寂寞是一种能力,展示的是一种认知,一种应变;守住寂寞是一种定力,彰显的是一种意志,一种品质;享受寂寞是一种悟力,透出的是一种参悟,一种境界。

乡村田园的国度。在美国,除了纽约(特别是其中的曼哈顿城区)等少数大都会称得上繁华耀眼,其他多数所谓的城市更像我们国内的中小城市或县城,其高楼大厦、酒店商场、歌舞娱乐场所并不比我们的多、不比我们的灯红酒绿。用句"美国就像一个大乡村"的"调侃"来形容似乎更贴切。

相当于中国国土面积的七成、人口的三成的美国,其大部分土地是田园是乡村,虽然拥有很高的城市化率,说白了是城镇化、小城市化,一万两万、十万八万人就是个城镇或城市,并不是所有城市都如我们的城市尤其是县城,靠划出土地搞开发区、工业园等"摊大饼"式摊成"大块头"。以至于现在不少美国人坦承从硬件角度说——如城市建设中高楼大厦、交通领域的高铁高速等——已不比中国强了,更不要说比吃喝玩乐的酒店饭店、歌厅舞厅、酒吧迪吧的数量和热闹了。

乡村田园似的居住格局衍生出相应的生活方式,一到夜晚四野漆黑,万籁俱寂,街道冷清,行人稀少(当然有些也与当地治安状况有关)。这也让习惯了"夜猫子"生活,见惯了深更半夜行人阵阵、街头排档灯火闪闪的中国留学生倍感寂然与孤独。

关系简单的国情。当今美国人的家庭观念比我们知道的想象的强多了,紧张的工作之余,众人回家,安享天伦,大街清静,行人寥落。当然,那里有夜总会百老汇的狂欢,有酒吧派对的纵情,但估计其普遍及疯狂程度不一定如中国同等城市。

美国人际关系简单,彼此居住分散,朋友间串门聚会估计不便也不多。加之畸高的持枪率和私宅神圣不可侵犯,不提前约定是不宜贸然登门造访的。这对人情友情观念深厚的中国人来说失去了许许多多解忧与热闹的机会,不免会生出孤单无聊之感。

加之,在美华人尚属少数族裔,囿于民族、文化等诸多因素,还难以完全融入美国人的社交圈子;即使背景相近的留学、务工华人及定居的华裔也多是各有所忙,彼此之间也难有太多的时间和机会频繁交往深入交流,更易生发相识不相亲、咫尺若天涯的寂寥与喟叹。

执着规则的国民。都说美国人规则意识浓、法律精神强,相应地时常显得刻板、固执、简单,不似我们熟悉的变通、灵活、复杂;虽然他们不乏幽默不难相处,但终不似我们"铁哥们儿""亲闺蜜"般的无原则好结伙;"各人自扫门前雪",如果你不开口不求助,他们可能会以"不干涉别人私生活"为由不管不问,并且不觉得有什么不好意思(当然,据说不少人遇到求助后也还是乐于帮人的)。因而,中国人

在那里就多少感到人情淡薄,尤其在遇到一些问题困难时会更加觉得孤独无援变通无门。

……

列举的因素和未及的因素,均表明中国留学生赴美后难免与寂寞相伴,这甚至会成为生活的常态,躲避不了,害怕没用。

怎么办?只有首先面对寂寞,然后适应寂寞,进而守住寂寞,直至享受寂寞。就像杨澜夫君吴征描述的人在寂寞中有三种状态:"起初是惶惶不安,茫无头绪,百事无心,一心想逃出寂寞;然后是渐渐习惯于寂寞,安下心来,建立起生活的条理,用读书、写作或别的事务来驱逐寂寞;最后是寂寞本身成为一片诗意的土壤,一种创造的契机,诱发出关于存在、生命、自我的深邃思考和体验。"

由无奈面对,到安然适应,再到从容享受,这是一个动态的过程,谁适应得快转化得快,谁就少受累早得益;这也是一个反复的过程,旧的才适应新的又冒出,逼着你兵来将挡水来土掩;这更是一个体验的过程,在一次次适应中体味甘苦体悟得失,丰盈着人生的经历和内涵。

适应寂寞是一种能力。置身使人寂寞的环境和氛围,要想不碰钉子、消解冲突,免不了要入乡随俗:一方面要了解、尊重(甚至遵从)当地的游戏规则,理解、适应民众的行为模式,即使不能完全融入,也能彼此相安无事;另一方面要解说、介绍双方的思维差异,在生活及办事中与美国人交往,他们认为你做得不当,或你认定不能苟同时,应善于及时解说文化、民族及习性的差异,取得理解,消弭误会。因此,适应寂寞展示的是一种认知,一种应变。

守住寂寞是一种定力。有时候,寂寞难耐也得耐,它考验着一个人的自制力。既要止住内心的躁动,止住寂寞伴生的孤独、烦躁、恐惧,也要抑住外界的诱惑,抑住别处喧哗、别人得意的撞击。风动?幡动?缘于心动。当你心如止水淡定从容了,一切内心的躁动与外界的触动都无法撼动。因此,守住寂寞彰显的是一种意志,一种品质。

享受寂寞是一种悟力。如果说适应、守住寂寞还有些被动的无奈的话,那么享受寂寞则是主动的从容的。它看穿了寂寞的困惑,看到了寂寞的恬静;视寂寞为调节,化寂寞为机缘。虽身在寂寥无助中,却不畏浮云遮望眼。体味淡泊以明志,安享宁静以致远。积蓄能量,辨识方向,适时跃起。因此,享受寂寞透出的是一种参悟,一种境界。

2013 年 7 月 8 日

上心做好手头事

　　大学毕业后的这个暑假,对你来说比较特别:5年的大学生活(专业学制为5年)结束了,广东燠热难耐的天气告别了,赴美读研即将启程了……

　　趁着新旧交替中难得的一段闲暇,放松放松,调整调整,看看电视,玩玩游戏,似在情理之中。于是,我们常常看到你东倒西歪地躺在沙发上,手里玩着电子游戏、电视里看着情景喜剧,一副悠闲自得避暑度假的样子,对自己的出国准备事项却不急不忙。

　　对此,我们心里是理解也不理解,嘴上说不急又着急:凡事有度,尤其是还有许多事情要办、许多东西要准备时,不能因此而误事啊。

　　这个暑假既是辞旧迎新的过渡期,也是承前启后的转折期,清理了结过去旧事,筹划准备未来新事,当是应有之义。手头之事,等、拖、靠(别人代劳)终非上策。自己的事情还是要自己上心去做。

　　一事一次的经历,可作他日的镜鉴。因为你还会面临纷繁生活诸多事务。由此建议你:

　　自己的事情上心做。上心就是要自己经常想着、及时做着。手头有事不上心做、拖着不做,就会像欠账似的越积越多,到后来,看着头就大,做着心就急,匆匆忙忙易出错,预期效果不如意。

　　自力更生自己做。自己的事自己做,这是最基本的思维和规律,自力更生,丰衣足食,等、靠、拖都不是处理事情解决问题的有效途径。当然,在自己确实力不能及时,我曾经对你说过"求助不丢人,借力亦智慧"。自己想方设法去"求助"去"借力",多少也算是一种主动作为吧。

　　分清轻重有序做。手头事不管多少,总有轻重不同缓急差别,这就需要分清轻重缓急,厘清难易程度,根据客观时机和自身时间,依次有序地去做,一般来讲,整块时间做大事难事,零碎时间做小事易事比较好。当然,有人习惯先做急事要事,顺便带掉小事;也有人喜欢先易后难,迅速减轻事情积压的压力。各人各办法,有序做就好。

　　纷扰繁忙穿插做。手头有许多事情要做,可又往往遇到日常生活工作学习繁忙,自身情绪不佳和外界纷扰不少,想做的事无心做没空做,如何是好?先稳定心绪,心平气和才能专心用心去做事做好事;再忙里偷闲,挤出时间穿插做事。越是忙越是乱,越要"十个手指弹钢琴",彼此兼顾,交叉进行。

　　上述这样做、那样做可能都是原则性的大路货的,地球人都知道,你会觉得看着听着怪烦的。少安毋躁,此处再献上一招:"一个本子记着做。"就是身边备个小本子(哪怕是张纸片),随时记下要做的事:什么事项、时间地点、涉及何人……这正应了那句"好记性不如烂笔头"的俗语。如能再严谨些,标上打算何时做、怎么做,然后每天看下,完成一项勾掉一项;如果再能补记上结果及体会,日积月累,对今后也不失为一"做事宝典""经验大全"喽。看到此时,你大概会眉头一展微微一笑,嘿嘿,还是这招最实用,早说啊。

2013 年 7 月 20 日

婉拒"庆贺"为哪般

自从你被哈佛大学录取后,我们婉言谢绝了诸多"庆贺庆贺""表示表示"的提议。我深知这样做不太符合人之常情,甚至拂了别人的好意。但是在几番思量几经犹豫之后这样的意愿还是占了上风。

为什么如此固执己见不近人情呢?我有时也这样反躬自问,你及别人或许也心生疑问。在此敞开心扉,坦陈心迹,也算是释疑解惑了。

就自身层面来说,我不太喜欢炫耀显摆,不太愿意以彼此状态的反差刺激他人。虽然,属于人性的"弱点"我也不能免俗:得知你进了哈佛大学也是欣喜激动,此后每天

△人可以品味喜事的欢愉,但不能总沉浸在扬扬得意中,喜悦是生活的一个亮点,但不是人生的全部。

△形式不重要,真诚便好;同甘不重要,共苦才好。真金不怕火炼,真心无惧冰霜,我希望拥有的是能够穿越"冰与火"的真情。

里思绪也会不由自主地反反复复地转移于此;听到别人闻知此事后的惊讶或恭贺时,心里也会喜洋洋美滋滋的……

不过我也深知,人可以品味这样的喜悦,但不能总沉浸在这样的得意中,这是生活中的一个亮点,但不是人生的全部。

就你的层面来说,我不愿看到你过多地沉浸在夸赞的气氛中、过久地沉醉在自

得的情绪中。你还年轻,我不确定在一片恭维声中你有多大自制力——是把成绩当作动力当作起点,还是成为包袱？何况,再大的成绩都是昨天的,再浓的喜悦已是过去时,新的一天如期如斯,新的挑战若隐若现。唯有尽快静下心来,才能正视自身,才能面对未来。

没见到过却听说过,许多体坛高手拿到世界冠军后到处接受庆贺,四处参加庆典,心境浮躁,训练中断,在随后的赛事中一败涂地甚至从此一蹶不振。这样活生生的事例沉甸甸的教训在学界也不无警示与借鉴。

国人有喜事庆贺的习俗,像添丁增口、入学入职、乔迁升迁、中奖发财等等无不是庆贺的由头。按照专家解析的"分享原理",一个快乐在庆贺中倍增成无数个快乐,进而演绎成皆大欢喜的结果,何乐而不为呢？当然也就乐此不疲了。于是,大小酒店生意兴隆,觥筹交错举杯欢庆,成为民俗风景线,也成为人际风向标。

然而,熙攘热闹的背后是不是沉重难言的人情债？是不是强颜欢笑的场面话？再大胆地揣测下：一个个庆贺红包里有没有无可奈何？一句句祝贺恭维中有没有言不由衷？将身比身才能将心比心,设身处地冷静客观地想一下：自己的那点喜事在别人的眼里真有那么大那么重？自己的喜庆是否正在刺激着别人的痛处？凭什么要不见得认同、说不定神伤的人无奈地跟咱欢笑为咱庆祝？

中国有注重人情的传统,无论人在江湖还是身居庙堂,也无论远在古昔还是时至今日,浓浓人情,绵绵不绝,渗入家国,融进生活,无时不在,无处不显。的确,人与人之间需要人情需要交流,从这个角度看,喜庆活动也许是一种形式一种载体,似也能对联络和维系友情起点作用。

但老话讲的"君子之交淡如水"也不无道理。我以为,形式不重要,真诚便好；同甘不重要,共苦才好。真金不怕火炼,真心无惧冰霜,我希望拥有的是能够穿越"冰与火"的真情。也许这有点虚无缥缈远离烟火,也许这算是一种希冀一点努力？

2013 年 8 月 8 日

五年之后再送学

倏忽往来,再度送学。

△没有分离就没有相聚,很多时候,决然离开是为了欣然相聚。雄鹰展翅翱翔蓝天,骏马奋蹄奔驰旷野,是因为他们离开既舒适也束缚的巢穴与围栏的结果。

5年前的8月,我和你妈妈送你去广东上大学;5年后的8月,我们送你到上海浦东乘机去美国读研。同样的远行,不同的期盼;同样的牵挂,不同的心境。

记得临行前你妈妈问过,美国在我们的哪边?我脱口而出"在我们的背面"。看似"神来之句",细想大差不差:两地时差约12小时,不就相当于在地球的背面吗?"坐地日行八万里,巡天遥看一千河。"①够远的了。因此,我们也时常念叨,此番赴美,山高水远,人生地疏,你将面临重重困难,我们也是惴惴挂念。

原本准备临别时说3个关键词:安全第一、健康快乐、认真学习,再加一个拥抱。岂料到机场后与事先讲好接机的"准同学"(已先期到美的未来同学)联系不上了,如此一旦进入美国国境,现有的手机等通信工具和方式都没法用,你一人肩

---

① "坐地日行八万里"是指我们每天即使原地不动,也会随地球运动40000公里。因为,地球直径约12500公里,赤道全长约为40076公里,所以它24小时自转一周,地面人、物约行40000公里。

背手拖三四件行李,如何在陌生的国度转机、如何到达陌生的学校?此前预想可能出现种种意外和难题在行前一刻不期而至提前到来。你不免焦急,我们也焦虑。

正在联系中安检的时间到了,望着你因突发情况而略显焦躁不安、无可无奈,我临时决定改变道别的方式和内容,在你妈妈和你拥抱之后,我只是轻轻地拍了两下你的肩膀,只是简单地叮嘱两句:"坚强!""不烦躁!"就没再多说安慰的话语、多做温情的动作,以免离情别绪决堤而出,哭个稀里哗啦。看着情感复杂的你走进"国际、港澳台出发"通道的背影,我们只有在心中默默祈望一路平安旅途顺利。

依依惜别的一刻再度上演。5年前我们不拖泥带水地扭头从你宿舍离去,5年后你走进安检没过多的婆婆妈妈,都不是大家无情、无话,而是不想把正常难免的独立远行弄得过于凄凄切切。没有分离就没有相聚,很多时候,决然离开是为了欣然相聚。雄鹰展翅翱翔蓝天,骏马奋蹄奔驰旷野,是因为他们离开了既舒适也束缚的巢穴与围栏。勇敢地离开是独立面对经历风雨成长,理智的退让是瞅准方向积聚能量前行。

一个人难免如此经历,一个家庭不乏这样的过程,若干年后这一切都将幻化为甘苦自知的回味。

"天无绝人之路",好在有惊无险,在登机起飞前一刻,你的"准同学"与你联系上了,告知会去接机让你放心。同时,他也很负责任地回电话给我,因为在不放心又不得不离开机场的路上我给他发信息希望联系。一颗悬着的心终于放下。

我们离开机场时已是夜幕四合,看不见你乘坐的飞机腾空而起,但是我们的心在和你一起飞翔……

2013 年 8 月 14 日

断想（补白）

"非正规"也能"出好牌"

　　循规律做事，这是必需的，甚至可以说是一种原则。但有时打破常规、不按套路出牌也能另辟蹊径、出奇制胜，或突破僵局、化险为夷，正所谓"棋无定法"、因地制宜。毛泽东的"农村包围城市"战略与道路、邓小平的"一国两制"方针与设计等都堪称"非正规出牌"的经典。

　　别小瞧这种书本上没有、生活中罕见的"非正规出牌"，大战略大方针可以用，小事情小问题也能用，关键是我们有没有想到——不墨守成规，能不能用好——不逆天害理。

　　其实，这种"非正规出牌"也是一种创造精神：敢做前人没有做过的事；一种逆向思维：基于现实反思路径；一种包容态度：允许自己打破条条框框；一种生存智慧：面对困境灵活求变。

——记于 2012 年 6 月 10 日

谨记点滴美好

大学生涯是一个人至关重要、终生难忘的时期,它留下成人之初的青涩印迹和风发意气。迈出校门,也许一切的喜怒哀乐如过眼烟云,一切的酸甜苦辣将烟消云散。但是,且珍藏校园里所有的哪怕是点滴的美好吧。因为这一切难以简单复制。

俞敏洪在1995年新东方做到一定规模时希望找合作伙伴,他跑到美国、加拿大去找10年前的大学同学,大把地花美元"诱惑"他们。结果他们来了,但理由却令俞敏洪十分意外:"我们回去是冲着你过去为我们打了4年水,你有这样的精神,所以你有饭吃肯定不会给我们粥喝。"于是新东方有了铁杆"中国合伙人",也有了今天。

你的同学中是不是也有为室友做这做那,为班级忙里忙外的人?一切微不足道点滴零碎的美好都是财富,即使他们无缘成为"中国合伙人",这一切也能成为温润心田的记忆。

谨记点滴美好,滋养自己,滋润别人。

——记于 2013 年 6 月 30 日

"冰""火"何处没有

你到美国波士顿第一个冬季就遭遇据称是五十年一遇的极寒天气,天寒地冻,冰天雪地。相对于之前5年在中国广州潮湿闷热的气候,头顶烈日,身洗桑拿,真可谓"冰火两重天"了。我们感慨:才逃出"火炉",又掉进"冰窟",忽冷忽热,亦喜亦忧,真是天有不测风云,地有"冰""火"冷暖呀。

大学五年你在广州、珠海,那里的潮湿燠热让你头痛不已,心有余悸,以至于这座有"花城"之称、"北上广"之一、年轻人向往的大都市,都没有成为你读研或工作的首选地。

其实,波士顿即使没有这波寒潮,其地理位置也相当于咱们国家东北沈阳的纬度,一年之中怕也是冷多热少。但愿那里的寒冷不会又让你大伤脑筋。

天南地北,冷暖各异,很多人很多时候不是栖身"冰"中,就是寄身"火"中,有时还会轮番在"冰火两重天"中穿梭或度过。

怎么办? 因为种种需要、因为无可选择,只有暂且忍耐、逐步适应,尽己所能最大程度减轻冰与火的伤害。当然,也有人因为无法忍受而打退堂鼓,那他也就因此放弃了原有的计划、选项,也就丢弃了或有的机会、路径,对此也就没什么好说的了。

——人总会遭遇自然界的"冰火两重天"。异地求学、外出谋生、旅行出游……无论天南地北,冬寒夏暑,碰上"热,热死了;冷,冷死了"境况在所难免,尤其是南(或北)方的人去了对方的地儿,那真是不好受。

我曾最南到泰国普吉岛，最北至俄罗斯圣彼得堡，那里的炎热或寒冷，是我们这些长期生活在北纬三四十度区域的人挺难承受和想象的。但那些生于斯、长于斯的人却精神地生存着、精彩地生活着，令人惊异，也令人感佩。

人就是这样，有很强的随机性。可能生于此，可能生于彼，这大概有点像俗话说的老天安排、命中注定。生于荒原僻壤的与生于富庶沃土的，仅仅地理空间的差距，经历命运便生出差异。

同时，人也有很强的适应性。原住民生于斯，就长于斯，也成于斯；而迁徙者尽管有背井离乡人地生疏种种羁绊，也会很快在新的疆土"生根、开花、结果"。哪片厚土不养人，哪抔黄土不埋人啊。

人还有很强的流动性。几个世纪前欧洲航海家一拨拨漂洋过海探寻天下，登上美洲大陆等陌生之地；明清时期一批批华人下南洋打拼谋生……当今"地球村"格局下，人类的流动与迁徙更是家常便饭，哪里有生存机会、商业机遇，人就会奔向拥向哪里，几乎不考虑不在乎那里有"冰"还是有"火"。

——人也会经历人世间的"冰火两重天"。到一个地方生活，可能领教的是彪悍民风，话不投机半句多，亦可能消受的是温婉乡俗，和风细雨千杯少。入乡随俗，说的是一个地方千百年涵养演化的风土人情，外来者喜欢也好不适也罢，都不是哪一人哪一时改变得了的。只有"随"俗，只有在尊重的前提下逐渐适应，虽然未必都能认同，但须尽量相安无事。

到一个群体工作，可能碰着"老是板着脸"的老板，亦可能遇着"总是理论你"的经理；可能有暖如春风的伙伴，亦可能有冷若冰霜的同事。这很正常。有人的地方就有江湖，有江湖总有风高浪急，也有水静无波。

到一个行业谋生，可能昨天这个行当势头还如日中天，亦可能转眼跌入深渊。"兵无常势，水无常形，"兴衰更迭、"冰""火"转化如"月有阴晴圆缺"一样，古今难全。

这是许多人会遇到的事，有时也是没有办法的事，总不能一遇到"冰""火"就走人、三天两头"跳槽"吧，只有趋利避害去营造有利的环境。当然，真到了屡触底线忍无可忍难以为继时，"三十六计，走为上计"也是合乎逻辑情有可原的。

——人还会陷入思维上的"冰火两重天"。如果说自然界、人世间的"冰"与"火"是外因所致不可抗拒无法回避的境遇，那么思维上的"冰""火"困惑与冲突则多是自身——缘于自身认知水平所限，囿于自身思想情绪所控：在接人待物处事时往往误入非此即彼、矫枉过正的怪圈。

"讲好一俊遮百丑，说坏一棍子打死"这一观察定式特别容易把人带进非此即彼、偏听偏信的沟里。不知你有没有这样的感觉或经历，对一个人的某句话不感冒了，便可能听他的其他话也感觉刺耳了；对一个人的某件事不快活了，就可能看他整个人都不舒服了。结果呢？自己难免误判，同时也误伤了他人。

"矫枉必须过正，不过正不能矫枉"这一思维方式在是非分明时颇为有效，但我们日常生活中大量分歧矛盾、纠葛摩擦，并不都是非白即黑那么简单、你死我活那般极端，大都是各人立场视角不同、利益侧重有别、甚至一时心绪不佳造成的，更适用的是中庸之道、平衡之术、包容之心，偏要纠但不可过，差应补却不宜超。硬是要分一个长一个短、用这个替代那个，就极易从一个极端走向另一个极端。

生活何处不"冰""火"。外界固有的"冰""火"我们或许无力躲避，唯有尽力适应，化害为利，最大程度减少灼伤和冻馁；自身所致的"冰""火"则需我们努力调适，像中医那样辩证虚实，平衡阴阳，善于削峰填谷，"冰"强则添火，"火"盛便浇水。

2014 年 1 月 10 日

说，或不说？

今年是你的第二个本命年，按中国传统的习惯，一般看得重些，也就想说点什么。

> △大约人都有说的天性，属于表达的欲望、交流的需要吧。尤其是有些生活，有点想法，再加上有了责任感之后，似有一吐为快、不吐若失的味道。

不过，又突然想到：这时还要不要、该不该仍如旧时模样说说叨叨？

24岁提醒着我，无论过去还是现在，很多人已外出谋生，独闯江湖；也有人成家立业，独立门户……只因还在学校念书，我及我们还把你当作"孩子"一般说这说那、指点指教——"要怎样怎样……""该如何如何……"。这，如今可有必要，是否需要？

依稀记得这样一个故事，说的是，孩子六七岁时，总是佩服父母知道得那么多说得那么对，只管照着做就是了；等到十五六岁时，变得不那么相信父母的话了，心中叛逆的小鹿开始左突右冲身边的"围栏"，时不时来点小顶撞；而到了二十六七岁，几乎怀疑父母所言迂腐落伍了，不愿再听不敢再信，一腔豪气一股闯劲自作主张；待到三十郎当四十不惑时，回味咀嚼父母过去说的还真是那么回事，不说句句真理，也是大差不差的，直埋怨他们怎么不说了、自己当时怎么不听呢……

父母总是有意无意忽视甚至藐视这样有趣的节律、"规律"与现实，总想把自

己的阅历见识、得失心得毫无保留地和盘托出，护佑孩子站在自己的肩膀上看得远点看得清点，少走弯路少吃苦头。

请理解父母们这种无私，或算作自私的习性吧。当你有了自己的孩儿，或是到了我们这把年纪，你多半也会如此，甚至还有过之呢。如果真是那样，便是一脉相承、赓续传承了。

大约人都有说的天性，属于表达的欲望、交流的需要吧。尤其是有些生活，有点想法，再加上有了责任感之后，似有一吐为快、不吐若失的味道。

对此，赞成者会说，这契合人类智慧传承、接续递进，也符合人之常情；反对者也会说，这超越阶段、不变应变，往往事与愿违：自己说得累，别人听得烦。

如是，不免生出"说，或不说"的纠结与矛盾。

这不，趁着假期自驾去了趟名山，一近山门便被值勤人员拦下，言之凿凿地告知：除景区运营、公务车辆外，私家车等一律不得开上山。瞧着那没得商量的样儿，咱就按规矩办吧，把车丢在当作临时停车场的马路边，再赶到游客中心买票乘坐景区运营车上山。

可是，上山路上各色车辆川流不息，来到山上大小车辆比比皆是。这就奇了怪了：不是说只准景区营运车辆上山吗？各种小车显然不是；这些小车都是公干？在"八项规定"下的节假日里，显然也不是。那么它们是怎么通过山门查验的，而别的车辆为什么被拒之门外？

下得山来，念兹思兹，百思其解，出于职业习惯总想一吐为快，而"慈悲为怀"的佛音还在脑际萦绕，一遍遍拷问着"说，或不说？"说，坏了自己出来玩意欲放松的心情；都不说，社会习气如何明理怎么改良？

当我还没"挣扎"出个子丑寅卯，已有媒体在追问此类怪象：谁来管管景区"特权污染"？一些景区（点）批条子、分指标、打招呼等免票景象已经是"显规则"，是公开的秘密。我没有调查，也就没有此山此状有无"显规则"的发言权。但在如是语境下，无论哪里，背景莫测的小车堂而皇之地上山了，平头百姓的私车名正言顺地卡住了也就不足为奇了。

如此看来，"说，或不说"的两难会有很多人碰到哇。

还是拉回来说自家的事吧。

虽然可以期望孩子理解我们的苦口婆心,也要明白自我节制:顺势而为,适可而止;有的放矢,减少数量;点准穴位,点到为止。也就是说:父母有权说,但别强权说,说在要紧时,讲到点子上。既大胆直言,说该说的,又抓大放小,少说为佳。如此一来,自己可能就不累,孩子或许也不烦了。

当然要做到这一点,对父母也是不小的挑战,起码习惯要更改、表达要更新吧?时机要把握、分寸要把控吧?

如果真做到这一些,说,或不说大概也就不是问题了。

2014 年 7 月 11 日

在美国找个地方实习有多难？

暑假之前，你告知我这个假期你要找地方实习不准备回来了。可是一两个月找下来却是：投送了十多份申请，赶赴了若干次面试，不是石沉大海，就是铩羽而归。

这算是你在美一年来遭遇的很大一个困顿。

你郁闷，本科不是此专业背景，在申请实习的竞争中处于劣势；尚是研一学生，与学长学姐们相比也处于下风。

如此分析有道理，也属常态。

你疑惑，自诩透明公平的美国在实习这事上似乎也可凭人情、拼关系？因为，有些学得不咋样的却早早找到实习的地方了。

如此情况不排除，也是常情。

我理解你的困惑与苦闷，本科阶段的几个寒暑假你都忙于考托福、忙于竞赛、留学了，没有时间没有心境沉下来好好实习，只是在大学毕业后才抓紧到家门口的规划院实习了半个月。所以，特别想在美国读研时补补短板、多多实习。没想到，一番努力之后却是竹篮打水一场空、灰头土脸两眼泪。

过去你对美国的了解，大多是来自书本上的、他人讲的，少量的接触，也大多围绕着学习上、学校里、专业类的人与事进行的。这才是你进入美国后，较为直接地品尝到的美国社会的酸甜苦辣，今后还会有学业交流、交友旅行、办事求职等等更深入往来的切肤感受，还会有更多的与知道的、想象的不太一样，甚至完全颠覆了的状态,当有足够的思想准备,当从中积累"门道"找出"窍门"。

好在你知难而不退,普遍撒了网,运气也还好,你的"赫司"(校友辅导员)、学友(培训班同学)有求而应伸手相援,解了你的燃眉之急——实习之困——得以先后在波士顿、旧金山的两家公司实习了。

人都是社会人,关系在哪都讲,友情搁哪都有。所以很多事情冷静下来想想大都属于常理。

美国的实习机会或许难找,但真实习起来还是挺"好玩"的,实习公司按小时支付实习者薪酬,所以他们并不鼓励废寝忘食加班加点,当然更不喜欢拖拖拉拉出工不出活;旧金山的那家公司一两周还拉实习生走访走访客户,组织组织业界交流,并不一味把实习者当干活机器、廉价劳力,还真有点实打实培训提高实习生的味道。

两三个月的暑假很长,成天上班的人多少还惦记着那些早已远去了的寒暑假,而有假期的人却竞相忙着找活忙着干活,恰似"城里的人想出来,城外的人想进去"一般。怪圈?悖论?不,这就是人在不同状态下的不同企求。

两个地方的实习结束了,我发微信向你建议:跟介绍实习的熟人说一下并致谢,跟实习公司的老板、老师打个招呼表示感谢。也可请他们给个实习鉴定、小结、证明之类的文书,问问可有什么不足或建议。这也是自己主动维护已有的及建立新的人脉关系和资源。

有了这次实习垫底,下次不会太作难了吧。

2014 年 8 月 26 日

自信二百年　自傲……

近些天为你奶奶搬迁收拾整理物品,又参加一个晚报会,这段时间没顾上同你联系了。不过你那边传来消息说,学校出版的年度作业集收录了你的两项作业。(见附图)

仔细看了看你的及其他人的作业,也没看出个所以然,这大概应了那句"内行看门道,外行看热闹"吧,可我是连热闹也没看到噢。便想问问:这年度作业集是哈佛大学出的,还是你们学院出的?是每人都有作业收录,还是选择性收入的?是整个作业(文字+图等),还是作业中设计图部分的?

哈哈,你可能笑我的"胃口"这么大,一口气问这么多问题。嘿嘿,我只是好奇,顺便看看此收录的方式,掂掂此作业集的含金量,不算俗吧?

其实,不管属于什么类型、采用什么标准,所收录的作业都应当是有特色有代表性的,所做作业能被收录都是一种肯定,值得欣慰,可喜可贺。

同时,对你来说,我们还能感受到两个明显的价值:

这最大的一个价值是提振自信。跻身世界一流高等学府,高手如林,竞争激烈,几乎每个人都面临能否站得住脚的心理负荷和信心拷问。在外国留学生经受的诸多挑战中,能否跟得上、立住足可能是最大的。我们也听到一些如麻省理工学院一留学生苦于跟不上而抑郁倒下的极端传闻。

毛泽东激昂写下"自信人生二百年,会当水击三千里"的诗句,表达出对自信二字是何等推崇,对拥有自信是何等豪迈;温家宝在 2008 年世界金融危机爆发后,多次在国际场合反复说的一句话就是"信心比金子还宝贵"。为何？因为他坚信：信心不倒,办法总比问题多。

这次作业入选无疑给你自信的天平上又增添一块砝码。在竞争压力下、困难挑战前,我们是低下头还是昂起首,是萎靡不振、唉声叹气,还是勇敢面对化危为机,左右着方向,决定着存亡。此时,信心就是神奇的超人,可以迸发超常的能量。只要信心在、足够强,就没有过不去的火焰山,即使跌倒也还会爬起还敢从头再来。

这第二个价值就是不敢自傲。凡选入作业集的作业及其作者都非平庸之作等闲之辈,尤其集子中有些研二、研三学生做的作业,它们都很有高度、深度、精度。对此,你尚缺少资本骄傲,也没有理由自大,反倒是可借此用心学习借鉴学长的奇思妙想,悉心消化吸收人家的精巧创意。

你可能有点迷惑有点晕,一会儿向左要自信,一会儿向右莫自傲。到底要人往哪儿？哈哈,看来没讲清,还得再啰唆几句喽。

这两个价值看似矛盾,实则一体两面。

不自信就难免自卑,而自卑要么胆怯犹疑,畏首畏尾,不敢为、不善为,一见到挑战,自个儿先趴下了；要么焦虑急躁,迫不及待,一心想打个翻身仗,变被动为主动,结果更被动；要么怨天尤人,看到跑在前面的心生妒忌,一个劲儿嘀咕人家偷跑了。凡此种种的躲避心理、急躁心理、怨恨心理,只会结出错失良机、欲速不达、败坏性情的苦果。

过于自信则不免自傲。而自傲要么自己与他人背离,自视过高,藐视别人,留下人为的楚河汉界,自然增添了沟通合作的难度；要么主观与客观背离,自恃主观能动强,漠视客观困难重,往往事与愿违,头撞南墙。如此自傲心理、优势心理夸大了信心的作用,盲目乐观,脱离实际,只会酿出判断失误、南辕北辙的苦酒。

有自信才会不气馁不消沉,虽百折而不回；不自傲才能不盲目不浮躁,取人长补己短。

我们内心的偏向常常是起伏的多因的,心理取向也就容易非此即彼,情绪走向也就经常忽冷忽热。特别需要持重平和、持衡守中,才能引领自己的脚步不沉不浮、行稳致远。

2014 年 11 月 17 日

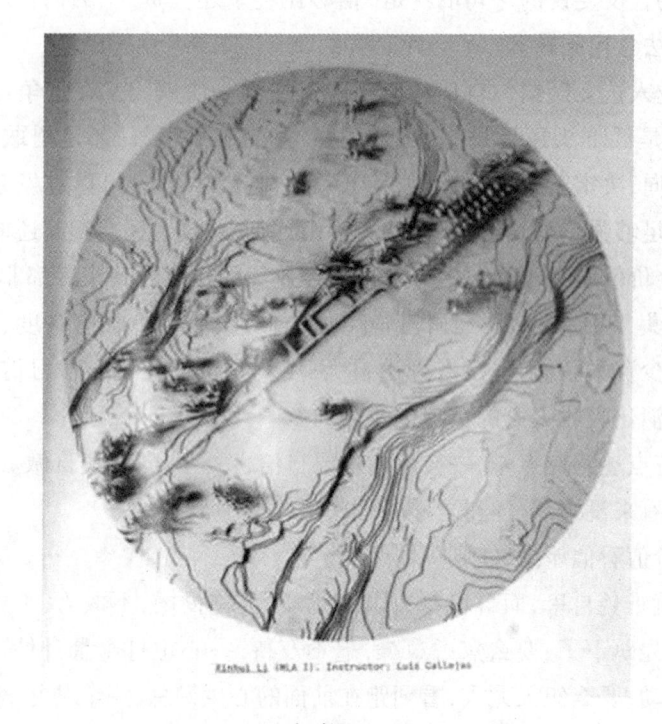

家书 做伴
JIASHU ZUOBAN

Xinhui Li (MLA I). Instructor: Luis Callejas

入选作业之一

父母放手　孩子出手

10月以来，你一直在谋划今年寒假回国探亲，并办理留学再次签证。无奈最后能确定的假期仅仅3周左右，扣除来回行程，时间偏短了一些，更为麻烦的是续签证时间难以保证。于是，只有放弃今冬寒假回家，明年暑期再回来并办签证。遂有了你妈妈赴美探视女儿之议了。

△父母放手，孩子出手，自己省心舒心，省力高效，又给孩子留下表达关心的空间，回报关爱的机会，互享天伦之乐，岂不快哉美哉！

说做就做，你迅速从美国为你妈妈下载并填写电子申请表、拟写邀请信，收集整理出好几页纸的现场面签、入境过关注意事项。在这些事项中，罗列设计了许许多多问题，并一一给出参考回答，比如面签材料列出七类20项，面签问题设计了三类一二十个；如何在飞机上填写"海关申报表"、下机后怎样取行李，还为入关面谈语言不通问题准备了3张中英文纸条……（附面签、入关注意事项图）

这些材料之细之全，让我这个曾经手持类似须知经历面签、过关者都颇为惊讶，随之醒悟：你长大了、成熟了，不再是由我们拉扯着、叮咛着、指点着的那个层面的"小孩"了，而是能在父母涉入陌生领域时向导着、帮助着、扶持着的大人了。

是的，你妈妈没出过国，首次出去就碰上美国，加之如今出国申请、签证手续又

升级换代为网络化电子化操作，上了年纪的不说两眼一抹黑，也是丈二和尚摸不着头脑，既不会操作，心里也没底。这下好了，她待在国内坐在家里，配合配合你就可以了。

一代人有一代人的优势与擅长，有其施展的黄金时段与空间。当然也有自己的局限和短板。不是吗？我们曾经较之父母一辈更早更多接触初级电子产品，像家电、收录机、电子表等用起来更得心应手。只是伴随年岁增长、科技进步，相比年轻一代更少更难使用高端电子产品、网络智能技术，也就没有他们玩得游刃有余了。

显见，在传统领域，年长者相对有基础特长，也有发挥空间，比如做饭烧菜、比如修补制作，不妨多动动手示范示范、多传授传授带带后生，既扬了所长显示老而有为，也减轻了晚辈的生活负担。

而在时尚范畴，年轻人精力旺、反应快、兴趣广，一众高科技、智能化的网购海淘、电子支付、打车约车等等由他们出手，那是手到擒来。也可让长辈办事购物少吃一点东跑西颠、受冷眼冷言的苦。

各有所长各有所短，这便给各自扬长避短、彼此优势互补创造了空间，年岁不同的亲友借此便成了"黄金搭档"。

只是，在根深蒂固的习惯中，在父母的眼中，孩子再大总还视其为孩子，总是无怨无悔无止无歇地操心、自劳、代劳、呵护……其实，时序更替，此消彼长，何不学着放手，让孩子出手，省点心，坐享其成；或者试着"示弱"，让孩子"逞能"，省点力，事半功倍；甚至还可玩着心眼"卖个破绽"，让孩子"力挽狂澜""起死回生"，进而嗔怪几句抱怨几声，自个儿在心底里偷着乐一会儿。

父母放手，孩子出手，自己省心舒心，省力高效，又给孩子留下表达关心的空间，回报关爱的机会，互享天伦之乐，岂不快哉美哉！

2014 年 11 月 26 日

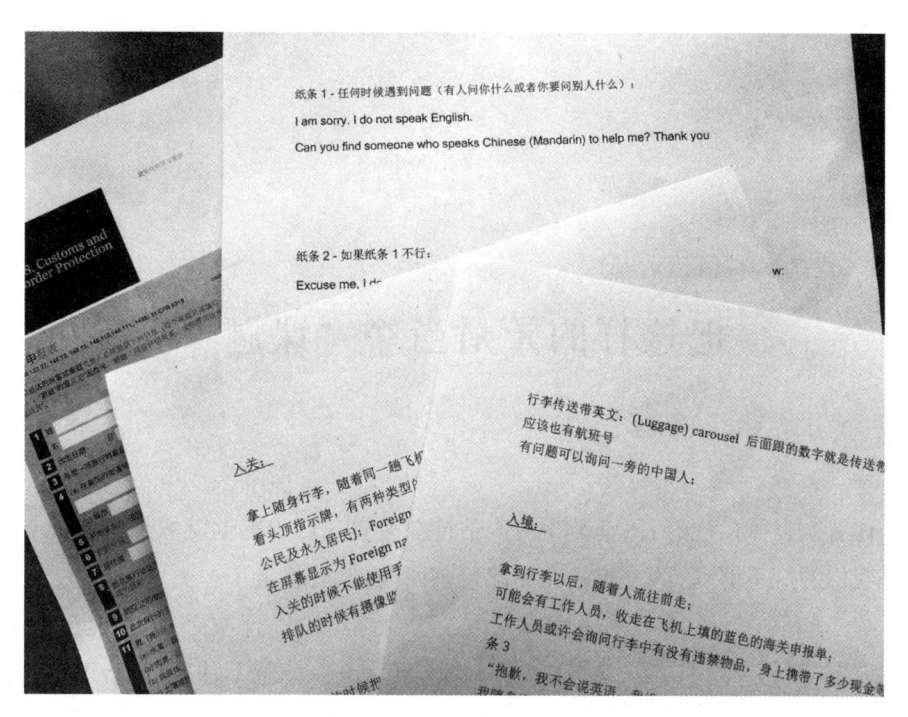

面签、入关注意事项图

把这样的矛盾当个"课题"

你有次发微信抱怨:不常熬夜的人估计在凌晨 3 点的感觉就像是在五维空间,我说我们的灯不够亮,队友姐姐就摔起了东西来,然后就走了……

△差异能展现多彩,但对人来说,差异也能带来矛盾。因为差异的存在,只要有人的地方就有矛盾。

看得出来,这次是真的有点牢骚怨气,不然也不会压不住"喊"上几句;看得出来,你们现在的团队还有些矛盾需要协调,还有些误解有待沟通。

矛盾纠纷既来之,则安之,妥处之。安之就是承认矛盾的普遍存在,不慌张不恼怒;处之就是想法子化解它,莫以为"安之"了就债多不愁虱多不痒而不当回事。

人与人之间有点矛盾很正常——

既然"世上没有完全相同的两片树叶",那么,人间也没有丝毫不差的两个人。两片不同的树叶可以争奇斗艳,各展风流,但彼此无涉;而两个不同的人争短论长,各显其能,却可能相互影响。差异能展现多彩,但对人来说,差异也能带来矛盾。因为差异的存在,只要有人的地方就有矛盾。这很正常。

具体说来,你和"队友姐姐"来自东西两个世界,年龄相差十来岁,阅历相差甚远,包括其他队员在内,你们都是不同的"树叶"不同的人,存在着滋生矛盾的"土壤、温度及湿度",有矛盾是必然的,一点矛盾都没有倒不正常了。

加之,美国高校习惯或擅长"小组式合作""讨论式民主"教学方式,这种美式教学小组成员间讨论充分、各抒己见,但统一困难、耗时耗力。一旦意见不合,又各持己见,不善沟通不肯妥协,相互不服,在我们看来就有点乱糟糟吵闹闹,进行不下去的样子。你才接触此类状况,或许还不适应。你过去的团队模式习惯于队长、组长召集带领、拍板定调,真有不同意见也可以少数服从多数,显得争执少效率高。行事之异多少也是矛盾的另一个诱因。

有矛盾时发点牢骚很正常——

人非圣贤,都有喜怒,遇到不顺心的事,听到不入耳的话,都会生点怨气发点脾气,只是各人涵养和处置有别程度不同而已。这很正常。

有了不快,私下里发点牢骚,向他人报怨几句,可以看作是心理专家推荐的自我排解"宣泄法",总不能像林黛玉那样闷闷不乐郁积于心。当然也不能像祥林嫂那样见人就说没完没了,不仅解决不了问题,还会伤及自己身心。

牢骚可发,谁都不是完人,偶尔发点小脾气、耍点小性子,连孔圣人在感慨"道不行"时,还幽怨或赌气地要"乘桴浮于海"避世漂流呢。

牢骚要发,有了牢骚憋在肚子里不是好事,时间一长积压过多,还会出事。说出来发出来,气消了心平了,说起话来做起事来也就合情合理和和气气了。

但牢骚发得别过火,本来发发牢骚是消消气败败火的,倘若把不住门刹不住车,发过了头,不仅于事无补,还会火上浇油适得其反。

同时牢骚发得别过分,你发你的牢骚,但不可伤及别人,别骂街别咆哮。虽然你的牢骚与别人有关,但也要理解人家可能有的苦衷,尊重人家应有的人格。也就是说牢骚也要发得有点品位。

下点功夫消解矛盾很正常——

矛盾难免,矛盾带来牢骚,牢骚带坏情绪,情绪阻碍人与人的交流合作,交流合作下不去,就话不投机,就事难做成,轻则冷战,重则热战,伤人伤己两败俱伤,误人误事。所以需要消解。

虽然你们团队成员间的矛盾大概算是你到美国后遇到的最特别最头痛的麻烦。但平心静气地想想看看,它既不性命攸关,也不是利益冲突,本质上只能算思维差异、方法有别、风格不同下的"良性碰撞"。就像饮食饭菜有人喜欢放辣,有人

热衷加糖，本无谁优谁劣孰是孰非。只是未作协调或协调未果，积聚或放大成矛盾了。这也是很多人频繁遇到的普遍性问题。

  我看，你不妨把这个矛盾当作一个"课题"或者案例，下点功夫，动点脑筋，解剖"麻雀"，举一反三，化解好眼下这个矛盾，有助于今后应对这一类问题，值得哟。

  比如，简单点的，接触时尊重示好，消减对立。人都喜欢被尊重，你一敬着她，她有火也不好发有气也不便撒了，此乃"你敬人一尺，人敬你一丈"也；复杂点的，主动邀谈，开诚布公地讲明你和她之间的异同，讲明所生矛盾的症结、性质，讲明解决矛盾避免纠纷彼此应当如何的建议，化解心结，求同存异。

  真要下决心立这个"课题"，还要先清除一些心理障碍：你可能会想，我现在是学习的，今后是工作的，花时间耗精力去研究矛盾是不是本末倒置不务正业；还可能会想，别人不愿化解，光我努力有什么用？

  但是你还要想想，既然有了矛盾，坏了心情，伤了友情，误了合作，光发牢骚，任其发酵，终将雪上加霜，后患无穷。

  磨刀不误砍柴工。如果我们有意识有能力消解掉这样的矛盾，不就能拥有轻松愉悦的心情，和谐友善的人际环境了吗？不就能拥有更多的与他人合作的机会，更多的做成项目做出业绩的可能吗？

  一个巴掌拍不响。有了摩擦纠纷、矛盾冲突，几乎所有人都习惯于先埋怨对方，对方不出意外也是如此。其实这时双方最需要的是别忘了检视一下自己。原因别人身上或许有，但我们先从自身找找，是不是更容易平心静气放下烦恼？化解矛盾需要别人相向而行，但我们主动去想去做，是不是能更及时化干戈为玉帛、相逢一笑泯恩仇？

2014 年 12 月 10 日

转型也是一条路

寒假你和你妈妈去纽约、华盛顿走走看看,讲到在纽约住在你师妹帮助找的她同学的房子里,虽然是付费的,但要比城里的酒店便宜多了。

我由此想到,不知你们到华盛顿是否有同学,或同学的同学的房子可以借住?同事的女儿小汪就在华盛顿,便想到问一下你们是否联系她,我有电话,即便不麻烦她找住处、做向导,也值得和她见见聊聊。因为,她是我所知道的赴美留学中成功转型的例子,她的经历及体会或能让你开拓思路、积累经验。

小汪(比你高一二届,也住在日报社大院里,估计过去你们见过)在国内就读的是浙江大学竺可桢学院,2011年赴美国华盛顿攻读国际关系研究生。应该说,在美国首都的大学读国际关系,是不错的选择,特别是这里有别的地方无法比拟的得天独厚的优势

国际关系很"高大上",也很"华丽丽",但一个在美留学生谋得职位或施展才华却难度不小。但外来移民、少数族裔仍很难跻身主流社会,染指高层政经。大名鼎鼎的基辛格够睿智够厉害了吧,当年人们普遍认为他当个美国总统绰绰有余,却被挡在身份门槛之外;华裔里赵小兰、骆家辉干到部长一级让很多华人自豪了一阵,他们是凤毛麟角啊。

或许正是看到看清了这一点,小汪迅即选修了会计、财经课程,假期也有意识找此行业实习。日拱一卒,功不唐捐,不过一两年工夫,她研究生毕业后就在当地找到了工作,又在一年半时间内,通过考试获得了许多人忙活多年都没拿到的注册

会计师证,从而在美国、在会计行业站住了脚。

　　我是很欣赏她的及时调整及成功转型的。这是务实的调整,人们一开始做什么事,并不见得十分清楚社会需要、发展前景,而一旦察觉情况不妙时,评估一下客观,掂量一下自身,及时转身应当算明智之举;同时,这也是有效的转型,转型的想法再好、需求再大,可面对的却可能是一无所知的行当,是白手起家的专业,要有办法去做,要有恒心做成。

　　你现在的专业状况与她是不是有点相似?虽然学校不错,专业在各校的排名也还可以。但无奈美国不搞大拆大建,各城市(镇)头头脑脑也不想(当然也不是他想就能行)搞形象工程,规划、景观的活就少,用人也少,估计你们时而也嘀咕或犯愁:在美谋职的前景不那么妙,专业施展的舞台不怎么大。

　　他山之石,可以攻玉。小汪的转型告诉我们,没有什么是不可改变的,不论是先前没有看清的,还是做久了产生审美疲劳的。这让我们多了个可不可以转变的思路,不用一味地陷在烦忧中。

　　关键一点在于及时醒悟要变变了、往哪变、可能性。这就要明察社会的需求、自身的条件,辨清内心的渴求、自身的可能。

　　任何设想计划、志向抱负都应根植实际,都要服从内心,立足生存是第一位的。比方说,如果还喜爱这个专业,还能坚持下去,就不必拘泥于非在美国找工作。条条大道通罗马。美国没活干,转身他国试试,没准机会多多舞台大大呢。

　　如果真想在美国先干上几年,转向其他好就业的专业也未尝不可一试,坚守可能成功,转身不一定就落败,没准还能柳暗花明如鱼得水呢。

　　接下来是如何实现所要。既然横下心要变,就要全力以赴去做,从一张白纸做起,从脱几层皮掉几斤肉做起。

　　这几年,国内一些行业遭遇寒流:产能过剩,市场不振,不得不在政府引导下或自觉自愿中转型。如此看来,转型真是一条不错的路呢,不仅个人可以做,企业行当也能做,而且,有时不得不做,迟做不如早做。

2015年1月4日

跟着俗话去花钱

你妈妈寒假去美国看你,一番观察和体验之后来信说,你从研二起租住的房子离教室很近,房租一块虽然增了,吃饭一块却是省了,不用像以前每天有两顿靠食堂或快餐解决,既贵又不好吃,现在大多数情况下能够自己烧饭吃,合口又合算。两块一比较,感觉比以前还少花费了一些。

△"吃不穷,穿不穷,算计不到一世穷。"

△"攒钱犹如针挑土,败家犹如水推沙。"

△"一分钱掰成两半花。"

△"好钢用在刀刃上。"

你妈妈说,你现在吃饭懂得省了,烧一主菜(比如炖牛肉什么的)分成几份分作几顿吃,有点细水长流的味道;也知道依据食材,计划着这顿吃什么下顿吃什么,经济合理巧安排。

"不当家不知柴米贵。"独自在外生活,有限的资金怎样用才能效益最大化、性价比最高?唯有自己动点脑子去琢磨、花点时间去掂量了。

人与钱最直接的关系大约集中在"挣钱"与"花钱"两端。钱不一定人人能挣天天有进,却是个个要花时时在出的,就算咱宅在家里躺在床上,也还总要喝水吃饭、娱乐观看、联络亲友吧,也是要消耗水电、消费生活用品呀。

"挣钱"怕是人们最为关切的事了,说的人自然最多,我就不去凑那个热闹了。说点"花钱"的,而且是只拣与俗话相关联的说说。

——"吃不穷,穿不穷,算计不到一世穷。"算计就是盘算、计划,就是分得清轻重缓急、做得到抓大放小。

在独生子女模式之前,每家两三个、三五个孩子稀松平常,一点收入被一大家子一平均,人均值就不太好看了。多数家长每月一领到工资,立马"大卸八块"各就各位:一块买粮油,保证不饿肚子,这是生存要点含糊不得;一块存起来,留点积蓄,以备不时之需;一块作为零用,用于日常用品人情消费。这样,一点工资剁上几刀、分上几块,互不挤占地过日子,是显得紧巴了一些,但如此计划着用是绝不会缺衣少食的。

人们常常慨叹,为啥"越是有钱的人越有钱"?除却他们有招"能挣"外,恐怕也在于有道"会花",直白点说在于抠着花或会抠,做不到天天至少也是经常盘算花销、理财生财。倘若有人"今朝有酒今朝醉",挣一个子儿却花两个,抑或用钱"脚踩西瓜皮——滑到哪里算哪里",既不瞻前也不顾后,那么,再能挣的腕儿也撑不了多久,再大的款也会坐吃山空。好些个匆匆倒下的"暴发户"不正佐证了这一点吗?

——"一分钱掰成两半花。"这话一看就是让人节省用钱,为什么?还不是穷久了穷怕了,不积点钱怎么渡难关?挣点钱不容易,不省着点花怎么行?把一分钱掰成两半来用可能极端了些,也未必要人时时事事做到,它的最大要义在于培养节省理念、忧患意识。

"攒钱犹如针挑土,败家犹如水推沙。"这话多形象啊,攒点钱财就像用针尖挑土一样,多难啊,得多久多有耐心才能积攒一点啊,这样来的钱还怎么忍心挥金如土啊?还怎么不自觉自愿地把每一分钱掂量着花、掰成两半花?

"一分钱难倒英雄汉",这不是说着精辟或俏皮,真的会发生在你我他身上。2003年我同事W君采访返回途中遭遇车祸,我、吴国辉与W君弟弟们连晚赶往六安善后。两个弟弟一路上扼腕唏嘘,他们弟兄三人,只有大哥上了大学、有了工作、成了小家、添了孩子,才熬过艰难,却……他俩在讲述苦日子时提及,在大学里大哥想吃饱有时都成了奢望。一分钱真的能难倒英雄汉啊,十多年过去了,这个细节清晰如昨、震撼如初。

——"好钢用在刀刃上。"挣来的钱肯定是要花的,而花向哪、如何花却是有讲究的,也是各有不同的,这也许是人们日常遇到的最多最难的选择。

按中国人的传统,钱是要花的,但花钱是要节俭的。怎么才算符合节俭原则花钱呢?前人遵循的是"好钢用在刀刃上",今天套用过来说就是"好钱用在必需上"。

那么,一个人或家庭的"刀刃"在哪里、"必需"是什么?是求知,是安全,是健康……我是这么理解的,也是这么实践的。从你小学上的新概念英语班,到中学的奥数班,以及兴趣爱好的小提琴学习及考级、教辅参考书及用品的花费,我们是在所不惜全力保证的;在你小时候,也与小伙伴一样喜欢吃点浓浓香香的方便面、肯德基,喝点酸酸甜甜的娃哈哈……对此,我们是劝阻的限制的,这倒不是怕花钱,而是怕花了这个钱,却让这些"以味制胜"的食品伤了你的味蕾和胃口,不值。我和你妈妈在吃得营养健康安全上是不惜买对的买贵的,通常鱼虾死活价差一半至一倍,我们一直是挑活的买。

俗话是大白话,也是流行话,大都是千百年来老百姓提炼出来的,它们或来自乡间俚语,或相传于芸芸众生之口,虽古旧老套,浅显通俗,但世世代代口口相传没有消失未曾湮没,定有其流传下来的道理。是什么?我想应是"话糙理不糙",有理走天下嘛。

2015 年 1 月 18 日

河东河西又如何

"三十年河东,三十年河西。"当今之世,这句老话应验几何,启示几何?

△河东河西转来转去是常态的事,它考验坚守的勇气,也考量转身的胆魄。

20世纪80年代前后,我入学地质,入行地矿,年底单位开职工大会,领导在台上总结完成绩、指出了问题后,还要强调几句"防止年终突击花钱"。继而两三年的岁末会上,防"突击花钱"逐渐祭出"胡萝卜+大棒"了:节约了,奖励其中的百分之二三十;违规了,批评教育带处罚。如此三番五次下令,双管齐下奖罚,那是因为有钱才防"突击花"啊。

没承想,几年不到,地勘单位拨款方式变化资金减少,"防止年终突击花钱"的闹心事是没了,可有的单位工资只能先发70%待有钱时再补,调资只有先记入档案等有钱再兑现……老同事们过着低迷的日子。

及至20世纪90年代初,我转身新闻,投身晚报,其时正是信息爆炸、新闻兴旺之际,尤其是晚报、都市报风生水起风光无限(原因大概是在党报、行业报一统天下多年后,忽然冒出这类接地气较实用的市民报,迅即一纸风行)。在全国视域里,发行量动辄跨过百万,广告额轻松跃过亿元。仅所在报社广告价位连续多年每年上调个10%—20%,业内人士暗叹"办报像是开了印钞机",估计百儿八十人的报社,或许比千儿八百人的企业不少创造效益。

以至于有老朋友见了面便调侃,你是打扑克中的"跑得快"啊。其实,我哪有"前后眼",哪会掐指一算,瞻前又顾后哇?

这不,就在别人惊羡艳羡我们的"贫嘴张大民的幸福生活"时,报业的天空渐渐由晴转阴了——

花无百日红,是说我们的吗?风水轮流转,是从我们这总结的吗?时代嬗变,传媒巨变,这个五年八年来,整个传统媒体尤其是报纸遭遇前所未有的"寒冬":发行数"收缩式"减少,广告量"断崖式"下滑,影响力"无奈式"弱化,上面倡导的媒体融合尚在探路,自主拓展的多元经营匆匆上路……每个从业人员都不可避免地经受剧烈冲击。这再次证明我没有后脑勺长眼,没有躲得了初一又躲得过十五的"神奇"本事。

就在我们自解自嘲只不过重复了别人昨天的故事,尚未感到多大失落时,那边厢地矿行业已然悄悄"咸鱼翻身"——

随着投资模式及矿权管理等诸多变革,不少地勘单位进入了"媳妇的美好时代",如果幸运一点探出一个矿,接下来大抵是可以躺着"吃香的喝辣的"了。

类似河东河西的遭遇并非我偶遇。诺基亚你知道吧?你用的第一部手机就是这个牌子。诺基亚从最初木材、橡胶加工转型制造手机,创下连续十多年全球销量第一的奇迹,一时独占鳌头出尽风头,挤得同为手机巨头的摩托罗拉不能混。却又因舍不得自己动大好势头的"奶酪",未能下狠心大举进入智能节奏,在苹果、三星的撞击下,黯然"逊位",跌下神坛,让多少粉丝唏嘘不已。

"一铺养三代"你可能不熟悉,它曾经是普通百姓信奉的养家糊口之道。可在电商大潮席卷之下,中小实体店"呛水"受伤或苦苦支撑,或关门歇业,超市大鳄、国有商场也撤店减场,重新布局。一铺能否撑个一代两代都成问题,何谈"养三代"?世代相传的信条一眨眼也河东河西了。

这么多个人、业态被河东河西撞了腰,你会不会碰上?

如今,互联网络、移动终端、智能制造、虚拟现实等科技浪潮一波接着一波,河东河西何需三十年?行业变迁,兴衰转化夸张点说几乎是分分秒秒的事。不相信不了解不适应那都是不明智的,是会转瞬就被转变掉的。

既然河东河西转来转去是常态,那么它就常常考验着我们坚守的勇气,也考量着我们转身的胆魄。

当某一天我们身处萧条之地、式微之业时,坚守抑或转身就是摆在我们面前的两条路了——

如能看准这个地方底气还足,这个行业需求还旺,还有坚持一下的可能和必要,那你就要有勇气挺过最艰难的光景,挨过最孤独的时光,熬过山穷水尽,守来柳暗花明。那时,你就是奇迹就是NO.1。

一旦大势已去大势所趋,不走不变死路一条时,那就要有胆魄丢掉最熟悉的行业,舍弃最珍贵的基业,不再留恋曾经的辉煌,故步过去的教条;就要有胆量转身投入陌生的疆域,征战未知的领域。哪怕碰得鼻青脸肿,也要杀出一条血路来。

2015年4月3日

找点"闲时"读"闲书"

一

近日参与集团读书征文评选,细细看了每篇文章,甚至详加品味了有些段落的每句话。读书给了作者太多太多思考和昭示,想来他们是受益匪浅、感触良多。

由是我也想借此转达给你,看看可有借鉴有无共鸣,最根本的还是建议你多读点书,尤其是学业以外的"闲书"。

——《边读〈人生〉,边悟人生》,对路遥在《人生》中说的"人活一生,值得爱的东西很多,不要因为一个方面不满意,就灰心"感受颇深;《〈轮椅上的梦〉伴我熬过艰难岁月》就从张海迪身上找到熬过艰难的勇气。

——谈史论今,《论君子之争——〈论语〉里的竞争智慧》切中当下恶性竞争之弊;《多些"卑之,毋甚高论"的务实精神——从〈史记〉的一则故事谈起》直指当今改作风之要。历史是现实的镜子,也是时弊的药方,信矣。

——3个人读同一本《看见》,有人读出"理性看见,温热感觉",有人读出"答案远不止谁对谁错那么简单",有人读出"'镜头'赋予'文字'的力量"。真是见仁见智各有所见啊,如果是你读你又会看见什么?同一个人3次读《棋王》,每次都读出不同感受。这世界(哪怕是一本书、一件事、一个人)在不同的人眼里常常是不同的,甚至,即便是同一人,在不同时间、情形中所见也往往是不同的啊。

……

选集、注解了这么多,有点像是个"二道贩子"或"推销员",是否对胃是否合口,一时我也并不确认,只是有意借此方式提示你:自己亲自去读亲身体味一些"闲书"。

这里说到的"闲书"是相对你所学专业而言的,也就是说,专业课本及书籍以外的书对你而言都算是"闲书"吧,它们可能是人文社科类的历史、传记、文学、经济等书籍,也可能是适用面宽泛的其他专业的如地理、植物、医疗等书籍。

二

具体说到读"闲书",我想主要包含两块:一是为何,再一是如何。

那么为何找上面这个由头,用这种方式提醒你读读"闲书"呢?

一直以来我都有这样的困惑或疑惑,你有时发出的抱怨、感到的困惑,纾解起来怪难,而且会隔段时间复现,这是不是与阅读人文社科类"闲书"少有关?是不是与借助书本洞察的社会百态人情世故少有关?

我也深知,"闲书"读得少不能全怪你,初中、高中你上的全是本地名校,其名之一在于抓学习抓成绩有一套,隔三岔五的考试、夜晚双休的补课(自己需要选择的),学习压得人几乎喘不过来气,哪敢分心哪来时间看杂书?上大学、读研究生时,又总是作业多熬夜多,几乎是靠短暂的吃饭睡觉时间缓缓劲,何有闲心何来精力读"闲书"?

遇到这种状况的也不止你一个,眼下的中学生、大学生乃至研究生,如若不是天性上的兴趣或偏好,是读不了多少杂书的。这大概算是一个可惜、可忧甚至可怕的应试教育副产品吧。

我的感觉是,大千世界是千姿百态、纷繁无限的,而人的活动时空、时间精力是有限的,无法一一经历体验,更无法样样明了掌控。读书则是弥补这一缺憾的一条便捷路径,它虽然不能包罗万象包打天下包治百"病",但总可以帮助我们多知晓一点应知欲知事物的现象与根源,多思辨一点真假虚实的逻辑与应付,多涵养一点遇人遇事的从容与平和。

这样,自己耳闻目睹来的感性认识,再加上阅读思考来的理性认识,会让我们在认知、适应与应对形形色色千奇百怪的社会时不急不躁、不怕不慌、不乱不错。这也是我最看重最期待的读"闲书"所得。

三

那么如何有效地读"闲书"呢?

如同书籍多得不计其数,读书的招数也是多得不可胜数,我的经验不多体会不深,也未必能搭准脉搏找准关键,就凭直觉建议一二:

先从感兴趣、有关联的书籍切入。通常人们做事多少会有点目的性,或者说功利性心理,读书大概也难以免俗,总想读有用的,最好是直接用得上的书,一时半会儿不确定、看不到用处就可能没了冲动和后劲。

其实,读书不必急功近利,别求立竿见影,如同煲汤、熬粥有仗文火煨、慢慢熬一般,阅读之效来自日积月累、潜移默化,看似无形无痕,终将水到而渠成厚积而薄发。

只要是自己有兴趣的,与所学所知贴近的,比较容易看下去(像与你专业接近的历史、文化、美学等),或可先选些看看再说,说不定看着看着就来了感觉有了体悟呢。

接下来就在于找点、挤点时间来看书了。你们这一辈生活节奏快,生存压力大,整天紧紧张张忙忙碌碌,有点空闲还想休息休息,哪有整块时间去读书?

是啊,书是需要读的,有点时间还需要休息,两难啊。其实,看看"闲书"未必不是一种休息方式,看上去读书占用休息时间,但读书转移了心境、净化了心灵,暂时放下尘世的喧嚣,不也是一种由外而内由表至本的休憩与滋养吗?

记不起来是哪位科学大家,据说他白天埋头实验室,晚上却喜欢一头扎进金庸的武侠小说中,用刀光剑影侠肝义胆减少复杂玄奥实验计算的辛劳烦扰。你也有过每天睡前看几页《哈利·波特》的习惯,是不是自觉或不自觉地已在用这一招呢?

当然还有很多利用零碎时间读点书的方法,这些别人几乎说烂了,咱也就打住吧。

2015 年 4 月 10 日

乡愁岂止在乡村

"乡愁"一语再度大热,更多的是得益于"看得见山,望得见水,记得住乡愁"这样散文化的句子破天荒地写进国家层面的文件报告里吧。

△其实,乡愁是对故土的记忆、对乡情的怀念,它应当不分城乡,无关出身,只要是我们的出生地、成长地乃至学习地、工作地,都会给自己留下无法磨灭的地理印迹、文化烙印,都会滋长催生出乡愁或类乡愁的回忆和情愫。

△乡愁岂止在乡村?它根植于乡村,也萌发于城市。

乡愁人皆有之,只是因各人的经历不同、意趣不一而浓烈程度不同、寄托方式不一罢了。你也不会例外,在外就读已经多年,哪怕是偶尔思念家人怀念家乡也会有的。况且,你所学的城市规划、景观设计专业与乡愁及其营造也是沾得上边、说得上话、用得上劲呢。

中国是一个农业国度,农耕历史漫长,山水乡村是亿万人的血脉之源、精神家园。如今的不少城里人就直接来自小山村、大平原、深山里,如果再往上数两辈三辈,几乎人人都与乡村有着"剪不断、理还乱"的牵连。

由是,人们一提起乡愁,自然而然想起说起的是"枯藤老树昏鸦,小桥流水人家""采菊东篱下,悠然见南山";是粉墙黛瓦、吴侬软语,好一朵美丽的茉莉花;是黄土高坡、大漠孤烟,山丹丹花开红艳艳……

这都合乎情理,也根深蒂固,让无数人尽享无限乡情乡趣。

其实,乡愁是对故土的记忆、对乡情的怀念,它应当不分城乡,无关出身,只要是我们的出生地、成长地乃至学习地、工作地,都会给自己留下无法磨灭的地理印迹、文化烙印,都会滋长催生出乡愁或类乡愁的回忆和情愫。这就是有那么多战士会把营地视作第二故乡把战友当作异姓兄弟,那么多知青魂牵梦萦北大荒、延河边的蹉跎岁月,那么多学子毕业三五十年仍要拄着拐杖被搀着回母校走走看看的缘故吧。

乡愁岂止在乡村?它根植于乡村,也萌发于城市。

不是吗?以我们国家为例,城市化进程正在快马加鞭,有消息说几年内将引导一两亿农村人口进城入镇。当我们的城镇化率由目前的50%左右再上升一些,当全国七八成的人生于城长于城,那么,他们的乡愁必然滋生于城、寄托于城。

与此同时,伴随农村人口的进城、村庄的集中、土地的流转,建立在乡村的乡愁人数递减,来源于乡村的乡愁载体消减,乡愁来源的城乡比将不可避免地发生逆转。

那么,乡愁会萌生附着于城市的哪里?我以为,城镇景观、历史记忆、市井文化、风土人情等等都将成为新一代乡愁的符号。可以源自固化的高楼大厦、街道公园,也可长自无形的地域文化(如历史、语言、地名等)、精神时尚。

可以想象一下,苏州的园林、杭州的西湖、西安南京的城墙、上海的东方明珠……不会成为城市新生代乡愁的起点、永久的记忆吗?

除了固化景观、物件,乡音、乡情何尝不是乡愁的不竭载体?请听听诗人"少小离家老大回,乡音无改鬓毛衰"的吟唱,再瞧瞧百姓"亲不亲,故乡人""老乡见老乡,两眼泪汪汪"的乡情。

只是相对于一处处天然山川一个个自然村落,一座座城市一条条街道千城一面的比比皆是,雷同相似的绝非偶然,这是因为,我们的现代城市兴起得太晚,人有我有的心理太强,克隆山寨的投机太多,喜欢并且擅长摊大饼式造城、大拆迁式改造。

因而,我们的许多城镇缺少震撼人的亮点、触动人的细节、吸引人的绝活,少了独特、味道、风格,或者说是没有个性没有魂。长此以往,依存于城市的那部分乡愁就会营养不良、寡淡无味。

这种窘迫或许给你们带来了机会。你学的是城市规划、景观设计，在参与一些地方规划、设计时，融入乡愁的意识，留下乡愁的种子，不是有了用武之地，可以有所作为吗？

　　以我门外汉思维看来，营造乡愁，一是旧的保留与守护，一是新的规划与设计。在这两方面，你们不都有挥洒一二的空间吗？

　　当然，有了舞台也不见得就能上演大剧，你们的方案好不好，人家听不听，过程很漫长，涉及面也大，各方有没有足够的耐心等待？

　　大家都知道的，关于北京老城的开发与保护，曾经发生过激烈争论，建筑专家梁思成当年曾极力反对大规模拆建主城区历史建筑，建议另辟新区建设部分功能设施。其建言被否定时他激动地预言，五十年后历史会证明这样做是错误的。

　　是的，北京的一些功能现在正迁往通州了，但那又能怎样？过去的一些弯路痕迹已无法抹去也无力回天了，所产生的巨大代价也无从探究了。

　　这种特色也给你们带来了难题，机会与难题总是"齐飞"的嘛。

　　你在规划、设计时既要坚持专业原理、先进理念，为乡愁生发地、生长地的形成与保留尽力，也要有阐释的技巧，这块可能是你的短板。你不喜欢"吹"、鄙视"忽悠"，也就说不擅长推介、说服，可是，你要想让自己的设想为人接受变成现实，就要不在乎对象，哪怕是严肃的领导、严苛的甲方（委托或发包方），就要练着说，练出技巧说，抓住设计的关键点，说服使用的关键人。

　　这些年，我一直想找个时间去家庭下放、个人插队、下乡扶贫的地方再走走看看，这也算一种乡愁吗？你离开合肥多年，离开广州近两年了，现在是否开始有这般感觉了？

2015 年 5 月 15 日

留学之"最"

两年之后你终于有时间利用暑假回家,这是你离家时间最长,又远在异国他乡之后的探亲,高兴之余,闲聊之中,既是关心,也是了解,又是好奇,问了一串留学之"最"——

△人是需要隔个一年半载或十天半个月回望一下、检视一下自己,看看做成了什么、成在哪里;做砸了什么、砸在何处。从昨天找到明天的方向与动力,不是甚好吗?

最大收获:学会辨别。这个回答大大出乎意料,你在美国两年,说长不长,说短不短,最大的收获居然不是在一流高校领教的先进教学理念和新颖的专业知识,不是在大洋彼岸领略的异域风光和人文世态。

不过,细细想来又在情理之中,无论是学业范畴还是社会风物,你已过了人家说什么就是什么的时段和层面。尤其这两年你一个人在人生地不熟的环境里,在专业方向改换教学模式改变的背景下,一切主要由自己面对处置,所有的都需要自己去辨明哪些正、哪些误,哪些要、哪些抛。

思辨是选择取舍之本,进退去留之基。你以学会辨别为最大收获也不为过。

最大感慨:人生艰难。这个回答让人惊讶和沉重,我可以想象到你们的艰难:学习难,语言文字不够精通,教学风格不尽相同;生活难,买着吃,花钱多还不一定吃得惯,做着吃,省了钱,却费了时间精力;融入难,美国虽说是移民国家开放社会,但外国学生真要融入当地学生、融入当地社会,还是有一定难度的。这难那难,你归结为人生艰难,有些沧桑有点悲凉。

千难万难,心难最难。正如一些留学生坦言的,困难也好艰难也罢,隔着万水千山说过去又有什么用呢?徒增家人烦恼。平常联系我们都会问"近来怎样",通常你会回答"还好啊",其实这背后或许是欲言又止的心难。

想来这是你们同学室友共同的感受。大家都在留学这条船上,都在打拼的一条道上,同样的经历给了你们同样的感受,那就相互倾诉、彼此宽慰、抱团取暖、携手行进吧。

最大困难:实习难找。你没想到,我们也没想到,在美国找个实习那么难。你把它视为在美最大困难,看来是切肤之痛刻骨铭心了。

留学第一年大概是没经验,临近暑假你才去找,所到之处皆不要人了,最后是在"郝司"和"同学"的帮助下才先后找到两个地方实习;今年假期吸取教训,提前"遍地撒网"般地投送实习申请,不想多数是泥牛入海无消息,好不容易纽约一家公司给了面试机会,乘坐五六个小时的大巴匆匆赶去,结果也是不了了之。且不管在美国找实习是不是凭关系、有没有潜规则,在你身上表现得着实难了点。

实习难找,不仅难在具体的实习上,其堪忧可怕之处还在于,它或许显示着这个行业的景气度,警示着相关工作的难找度,总不免给你的期望留下莫大的阴影。

至于问到最高兴、最遗憾的是什么,你淡淡地说没有特别的。顿了顿,你说要说值得高兴的,那就是结识了一些患难与共的朋友。

呵呵,这个回答怪怪的。是真的没有抑或没有感觉到,还是看淡了看开了,不以物喜,不以己悲了?没有最高兴的,也就没有最遗憾的,反之亦然。这未尝不是一种态度,一种豁达,一种境界。

现在人们喜欢说,同学、同事、同行……是一种缘分,似有点玄乎。但一同学习、做事、生活确实有赖或倚仗彼此的理解或相助,由此能结下志同道合休戚与共的友谊实属弥足珍贵,理当欢欣愉悦,也可视为财富,值得用心维护。

至于遗憾,你没提及,也许真没有,也许不想不愿说。要我说哪,有时磨不开面子,不忍说"不",误判误选搭档是不是算一个?其后想点子化解没有随性烦恼抱

怨多是不是一个？

我出于好奇抟出这"最"那"最"不是为了帮你小结清点，那是应由你考虑由你去做的事。不过，能由此带出些启示总结的效果，那也是甚巧甚好的了。

孔圣人推崇"吾日三省吾身"，他的得意门生曾参勤奋好学，进步很快，同学问何故，他说每天都多次或多维度来反省自身，自找不足，发现后立即纠正；生意人实行"日清月结年终盘点"，分时分段定期查明是盈是亏，好知道这生意盈在哪、亏在哪，好明白接下来该怎么做。

人是需要隔个一年半载或十天半个月回望一下、检视一下自己，看看做成了什么、成在哪里；做砸了什么、砸在何处。从昨天找到明天的方向与动力，不是甚好吗？

快乐的时光总是飞快的，又到了你要远行的时刻。因为值班，我只是送你到车站，仍是拍拍你的肩膀，送上几个词：快快乐乐、健健康康、平平安安，算是道别了。

2015年8月6—8月28日

意外发生在身边

久未联系,一联系竟闻惊人的意外事件:搬进数日的室友前些天独自在寝室割腕……当你随人打开房门,进屋看到地上血迹斑斑、垃圾桶血水混合时,大家几乎惊呆了。仅仅听说过的意外近在眼前,就出现在身边。

我们为当事人双手合十祈祷,期望她渡过劫难复归安康,也愿身边人走出波动回归往常。

你虽惊慌但尚未失措,及时向校方简要告知了情况。在校舍里发生意外情况,承租人知情不说似也说不过去。虽然知道当事人被"最后一根稻草"压倒和自己无涉,仍不想无意中无奈中触及别人的隐私。直到知悉其本人也已报告了学校,才稍稍放下心中悬着的石头。

你虽受惊吓还未自闭,迅速向校医寻求心理疏导。既然是意外,就有意想不到的阴影,自我调控当然少不了,能有效则更好,但要乍遇此事的人一时半会儿就抹去阴影抚平恐惧也不现实。何况还有得不得法、对不对症的问题。那么此时求助专业人士是再好不过的了。

应该承认,校方及管理人员在此事的后续应对上还是体现了人道、表现了情怀:校医院救治了当事人;管理人员帮着修整了寝室,并安排你暂住别处。

知道这些后,我们跟着绷紧的心弦放松下来,这才猛地醒悟:11月8日我曾发去微信:"最近怎么样?可联系?"你回:"这两天事情比较多,过两天可以联系。"似乎一如往常,仍是一个"忙"字,我也没在意。现在回想起来,那时正是你经历意外

寄宿在外，协助处置心绪未定，怕一联系难免显露异常，说不是不说也不是，故直到波澜渐息了才慢慢揭开"谜底"。

不敢说全部，至少相当数量留学生只身在外，遇些风波，受些惊吓，往往是有泪自个儿拭去，有事自个儿扛着……因为他们清楚，父母亲友远隔万水千山，鞭长莫及，说了又能怎样？不过徒增担忧。

唉，这也算是可怜天下"孩子"心哟。

这是域外生活教给留学生们的一种方法，是他们彼此交流相互借鉴的一种做法，有其逻辑，难言好坏。

不过换个角度想想，讲述诉说也是一种选项。遇到事了，你们说了，父母定会毫不迟疑毫不吝啬地奉上建议、宽慰，即使什么都给不了帮不上，你们畅快地讲述一番，乃至痛快地诉说一阵，或许也可纾解忧伤、释放压力呢。

在此，我想对你、对众多的孩子建言一句：不管是天大的事，还是难言的事，都可以和父母亲友说，立时三刻就说、竹筒倒豆般说（隐私除外），他们永远是你们的坚固靠山和温暖港湾，是你们的助力器和减压器。

由此忽然想起鲁迅小说《祝福》里的祥林嫂，她在失去儿子后逢人便讲"我真傻……"，渐渐地招人烦起来：嫌她将一己之痛"强加于人"。实际上她未尝不是自觉或不自觉地找人倾诉，来排解淤积于心的痛楚。这或许正是人类的"述说天性"，悲痛无奈的"条件反射"，或许也是今天我们对祥林嫂言行的更新诠释。

求助疏导更是一种选项。术业有专攻，心理医生们有理论、有手段，见多识广，悲悲切切在当事人身上如泰山压顶，而在他们手下却可四两拨千斤，一番"话疗"，一阵治疗，自会使当事人慢慢卸下重负走出误区。只是我们常常磨不开面子不好意思去。

如果真以为找心理医生太"正式"，反而引发及强化自己有"心理问题"的暗示，也不妨找师长们聊聊。他们多有阅历，或有体悟，讲一些亲历的及他人的实例，分析下前因后果应对措施，多半也会让自己渐渐轻松舒朗起来的。

2015 年 11 月 15 日

又记：

再与你联系时知悉，那位割腕后求救被送医治疗者，出院两三天后再次……

估计你心绪再起波澜，复又沉重。虽然不一定如其至亲好友般痛彻心扉，但毕竟在其生命的最后一程有过交集，前些天还作过交流的人说着说着就没了，总不免回想、自省在其煎熬挣扎时日里有无不当言语误伤了她，直到确认自己在与她不多的交谈中，除了倾听其哀诉，还尽力宽慰后才稍平静下来。

我们再次讨论了个体遭遇磨难时的生命掌控。人遇挫折归为内外两种：外部的多是志不同道不合，被误解、受冷落、遭打压；内部的或是疾病缠身，或是情感困扰。当内外伤痛齐至，不免衍生、聚变出焦虑抑郁、悲观失望、万念俱灰的情绪，甚至不能自拔。

从个人权利上说，各人似乎都有甄选如何搏击磨难的自由。从历史现实中看，许多人是不愿放弃生命求解脱，不愿以生命为代价。可以暂时倒下，一时蛰伏，但擦干眼泪，抚平创伤，时机一现还是要再站起来的。

欣慰的是，此刻看到你发在朋友圈的图（见附图）文微信："……下午穿过刚刚解除 restriction（限制。此前因暴恐传闻，部分区域临时限制）的 Harvard Yard（广场、院子），发现今天的夕阳还是很美，只是没有人停下拍照。生活还要继续，即使在黑暗的时候，也不可放弃心中的阳光，珍惜生命，心存希望（两个双手合十）。"

我当即在"评论"中回应："心有阳光，路有希望。"

2015 年 11 月 23 日

哈佛院子

"都有那一天……"

老同事接二连三退休,明明知晓此乃客观规律,却每每闻之、送之心有恓恓情有戚戚。虽然彼此相处有长有短,相交或深或浅,念及往日的交谈交往清晰如昨历历在目,而转眼已是烟云。

由彼及此,我们这些"奔六"(靠近60岁)的人不正一步步走近他们吗?不由得一句感慨万千情愫:每个人都有那一天啊……

看到这你可能心生问号,怎么来起了文艺范怀旧味?你不到这把年纪,尚无感同身受,更没这种感觉,也正常。

我现在和你谈论这些看似遥远的情状,只是想让你多点对此的感性认识,早点参悟其中的必然。相信随着年岁递增,涉世加深,你会看到更多,感受更深。

那么,以当下的阅历,我们的感悟是什么呢?

对别人敬重一点。人生轨迹,何其相似。他人的今天,就是自己的明天,对他人怎样,自己就会得到怎样。

每个人都有自己的故事。他们或曾经是家庭的顶梁柱、工作上的主力军,曾经踌躇满志呼风唤雨过,曾经硕果摇枝业绩惊艳过,给单位及家人铺下坦途植下绿荫。

每个人都有自己的长处。在你身边,有专业课弱的外语强,有唱歌吓人的打球超人;在我身边,有不擅编辑的却能跑能写,不爱社交热闹的却坐得下来编稿。说句极端的,即便是那些流浪汉、狱中人或许也在某个方面有点长项,只是没用出来

或用对地方罢了。

我多次路过针灸医院,一次秋日傍晚,病房外、夕阳下,东围墙边一溜排住院康复治疗的垂垂老者端坐在轮椅上,默默地晒着太阳、沐着晚风,仿佛一尊尊镏金镀铜般的雕塑。霎时心头一震,有悲凉般的同情,也有感慨般的设问,他们的昨天是如何鲜活生动啊。

所以,当我们在大街上看到蹒跚而行的老翁,在小巷里碰见佝偻着晒太阳的老妪,切莫小瞧或不屑,他们的背影里说不定蕴藏着昔日耀眼的传说。

对别人敬重,是学习他们、致敬他们,也是温习历史、汲取历史,或许,你还会意外受到点拨感到共鸣,想起来不是暖暖的美美的?

对自己淡然一点。人生规律,不可抗拒。人吃五谷,生老病死,概莫能外。

想想我们不带一物来,难带分文去,在世百年得到几多是够,失去几何是少?真的不必太在意得了失了进了退了。

Facebook(脸谱)创始人马克·扎克伯格不久前和妻子承诺,将他们持有的Facebook 99%的股份(约450亿美元)捐出;在他之前的2008年世界首富比尔·盖茨就宣布,将把自己580亿美元财产全数捐给慈善基金会。钱在他们眼里真的是身外之物了。

另一类的实例也是不可胜数,他们惊人相似的一句忏悔是,一日不过三餐,能吃多少?一睡不过三尺,能要多大?贪得越多不过是陷得越深罪恶越重。这会儿钱在他们眼里也真的是身外之物了,但晚了。

现在人们喜欢晒一些"少点患得患失,少点争名争利"之类的名言警句。其实,说这些少求、无争,不是要人消极遁世,归隐山林,懈怠无为,而是让心境超然物外,让情绪趋于平静。

你有上进心,也有些底子,总希望把事干得尽善尽美、可心可愿。这是一种境界。需要提醒的是:把握一个度吧,有时候,天不助人,时机未到;有时候,力不从心,火候未到。也只有适可而止见好就收了。只要自己用心了尽力了,得到多少算多少,成就几分是几分,淡然视之,坦然受之,不留遗憾就行了。

对做事敬畏一点。人过留名,雁过留声。这里的名声不是功名利禄、不是显赫优越,而是人际间的真实口碑和基本评价。政声人去后,是对官吏政要的要求,也是他们的追求,芸芸众生何尝不也如此观照他人或被人衡量:他或她一路走来留下什么印迹什么评价?

人一辈子最大支点恐怕就是工作、做事了,因为这个时间段很长、接触面很广,有什么样的社会评价大都形成其间。

依我的观察和体会,无论在政府机构"吃皇粮",还是在私营企业"讨生活",都极为看重工作勤勉、干事认真、做出业绩的,不喜欢员工投机取巧偷懒耍滑。像我们报社对记者的评价和要求就简洁到"多写稿、写好稿"6个字。

做事实质上就是做人,一件件事做得怎么样串联起来,就勾勒充实成一个立体的完整的人,褒贬臧否、信赖与否等等都不言自明。这就要我们以敬畏之心做每一件事,同时又一辈子敬畏做事。如此看上去累了、苦了、亏了,却能得到领导、老板、同事、同行认同和感佩,可谓是人生名声的最大赢家。

每个人能力有大小,方式有正误,运气有好坏,能做到敬业、靠谱、有担当就会有不错的评价了,就不会被人背后戳脊梁骨了。

对身体保重一点。身体多么重要、如何简单保健我曾说过(参见《身体要行》等),就着这个话头还想啰唆两句,实在是觉得保重身体之重要、必要、紧要,对我们大家来讲怎么说都不为过。

有人说,健康是一种责任。我深以为然。

保重身体,以求健康,直接的是对自己负责,身体好,情绪跟着好,干什么事都有劲头也有效率。现在看来你身体健康最大的"敌人"就是熬夜——赶作业、查资料时常通宵达旦、起五更睡半夜。一定要平时安排利用好时间,极力压减熬夜次数,即使不得已,也尽量借助营养、健身加以弥补。

保重身体,以求健康,间接的是对家人负责,身体好了,才能承担家庭的重荷,当上有老下有小时才能撑得住担得起,当自己年高体弱时才能少给家人添负担。

顺便带一句,保重身体主观上看似为自己为家人,好像境界不那么"高大上",但客观上是多干了工作、少拖累了社会,那真是"雷锋范"。

写到这里,望一眼正一天天"瘦"下去的台历,流水般的日子不理会任何叹惜,

不回头地逝去,它也有翻罄告退的那一天? 或许,那是它正用渐次单薄的身影提示我们:一元即将复始了。

2015 年 12 月 10 日

时隔三年　再闻佳音

时有巧合,事有暗合,时隔三年,再闻佳音。

你新申请的本校设计专业及麻省理工学院规划专业都亮出OFFER,功夫没有白费。

依然清晰记得2013年3月5日一大早,你在广州告知额外申请的哈佛大学给了你景观建筑学(常称"景观设计")研究生OFFER,听得出电话那头心潮的起伏。3年后的同天,你又告知新申请的麻省理工学院也给了OFFER,而声音却平静了许多。这是见多了经过了的波澜不惊心如止水?那年的3月8日,我为此记下了《哈佛,你走进,我走近》的点点滴滴,而3年后的同天,我又在记叙着随之而来的长长短短。

一

世上许多事情和状态都是关联依存的,是一面多体的:小,有小的局促,大,有大的难处;低位,不好受,高处,还不胜寒呢。即使令人愉悦的消息,亦不免附生一些难言轻松的问题。

此时还流露这般慨叹,是无病呻吟、有意矫情?且慢上火先别发飙,容我一一道来,细细看完,或许你及他人就会点头理喻。

资金蓄水池见底算是一个吧? 2012年初冬,你跟我通气:在原计划申请的城

市规划之外,准备再试试景观设计,冲冲哈佛大学等学校,这样读研时间将多出 1 年、费用相应增加三分之一。我当时慨然回应:钱不用太顾虑,无非是再紧紧裤腰带。现在再读一个研究生,看来不仅要紧紧腰带,恐怕还要翻翻口袋啦。

这倒不是转脸"哭穷"了,而是讲讲实情透透家底,这几年诸多行业寒流袭来寒气袭人,报业不幸在列,虽说不至于吃不上饭过不了日子,状况大不如前也是不必讳言的了。

婚姻黄金期缩水也是一个吧?你眼下这个年纪不算太大,放到整个人生周期说尚属才起跑。但要是从黄金婚育期看,最佳窗口怕是趋于收窄了。虽然父母是从长期"晚婚晚育"氛围中熏陶出来的一辈,未必会像传说中的"催婚""逼婚"一族,让你不胜其烦。但,适当而必要的提醒也是我辈不可推脱的责任和义务吧。

婚姻是人生大事、特殊节点,进行得顺当得心,进展得恰如其时,于心于身大有裨益。家庭对你们这辈独生子女有着更为特别的功能,除了父母之外,又增添了相互扶持、携手并行的伙伴。

还有一个臆测可是一个呢?好学习、学好习是好事,强基固本,厚积薄发嘛。这背后是否有看了太多找工作之难,而只好延长学习、延迟就业呢?是否有 3 年前申请留学学校中麻省是唯一拒绝你的名校,激起你一定要凭实力进入的情结呢?

如果是这样,那倒也不必。工作是饭碗,是用武之地,是价值竞技场,总是要直面的,学好了干或干中再学都是能走通的路。

如果这纯属无厘头,就当作一阵风,一笑了之好了。毕竟是一家人嘛,总要聊真话、问实情哦。

…………

说了这么一串忧虑,此时如果说"福兮祸所伏,祸兮福所倚"似乎还是有点煞风景。然而,如若将此指代看事情、做判断不光要看正面表面,还要看背面侧面甚至上面下面,未必不是冷静的风格、理性的做法。

二

絮絮叨叨那么一堆正面背面、长长短短,接下来你将如何选择才是内核,也许这又是一次"艰难的选择"。事物就是这样,没有选择忧,选择多了亦忧。

自你成年尤其是 20 岁以后,我自设的准则和自我的定位是,你的大事由你拿主导意见,最终的取舍凭你一锤定音,意在自己对自己负责,既享受得了善做善成事遂心愿的喜悦,也承受得起所作所为事与愿违的艰涩。

当然,这并不是说我们对你的大事要事就袖手旁观撒手不管了,对明显疏漏明知危险都视而不见视同儿戏。我们还是会摆摆情况、提提建议、敲敲边鼓,尽一份心出一把力的。

不久前,你有意借鉴美国同学休学个一年半载去实习或游学,试试自己学的是否够用有无市场,看看自身兴趣在哪需要什么,再来决定今后发展方向和主攻路径。你也成功联系了荷兰一家著名景观设计公司实习半年。闻之此讯,我和你妈妈旋即开动脑筋,和你一块"沙盘推演"分析利弊研判得失。

应当承认这种休学实习的动机和思路是有意思的,也符合美国年轻人的性格、条件,他们没有签证之虞、少些就业之难,也不在乎多大年龄还在读书。而换作你们留学生,他们的优势却是你们的劣势,何况你还有要推迟毕业、增大费用等等问题。所以,我们不遮遮掩掩也不凶凶巴巴地投了"反对票",但不是"否决票",只是一种意见、参考,"一票否决权"仍在你手里。

这次也不例外,我们也会义不容辞参与分析,充当参谋,助你决断一臂之力。现在就来摆摆各种情况的优劣利弊:

上你们学校的设计专业,突出的优势在计算机方面,属工程技术类,按最新规则 OPT(美国 F1 学生签证毕业后的实习期,一般为 1 年)增至 3 年,获得工作签证的概率相应增大,在美国就业相对容易。这对想先在那边实践几年的人来说,应属有利条件。

有一利就有一弊,如果你读这个专业,就离本科及研究生所学远了,就业范畴更多在 IT、电脑运用领域,而你能拥有的计算机能力仅来自这一年的学习,相较从本科读到硕士、博士的 IT 精英,只能是个"小巫",恐怕只能干些运用、维护之类的粗活。这点你要想到、想好。

上麻省理工学院的规划专业,是研究型的,接续你本科专业,关联你研究生专业,如果你对这一块还有兴趣,读完之后专业功底与理论积淀估计会深厚而广泛,

今后在此行当的立足资本和发展后劲相信会丰厚而持久。

它的不利在于只有 1 年的 OPT、在美找工作时间偏短，而且研究型专业可能会读得又苦又累，两年之中恐怕无力分心无暇顾及婚姻大事，这些你也要有思想准备。

好，情况摆明了，利弊摊开了，你最想要什么、未来定向何方？孰轻孰重、取啥舍啥你自己掂量权衡吧。

2016 年 3 月 8 日

卷入"房疯"

一

说来不知是算顿悟还是该惭愧：一不留神我和你妈妈这些天"卷入"了席卷半个全国、风靡整个合肥的"房疯"中，至今余波未消，头脑中转的、平日里说的都是"买，还是不买"，甚至见到同事朋友也貌似随意地闲聊几句"买房了吗"，内心里则是想从别人的态度中寻找筛选点买与不买的"参考消息"。

△一个房子让多少人绞尽脑汁机关算尽，令多少人穷尽积蓄半生背贷。悠悠万事，唯此为大，一生都在为房子忙，前半生拼青春筹集钱，后半生拼老命还贷款，一辈子几近被房子绑架，了无其他目标，别样乐趣。这是个人的悲哀，还是社会的悲痛？

△人啊有时就是这样，虽然有着自己的见解、分析，理应依着自己的判断出言、行事。但在外界风潮的反复冲击，他人的思潮持久浸染之后，也难免裹挟其中，忘却甚至抛却了初心。

实话实说，这一二十年，我们一直游离在中国楼市几度疯狂几度风雨之外，始终没有下决心狠下心出手买房。其中原因多多、理由种种。

客观上说，10年前单位操作改制，忝列班子成员，作为高管须持股，首期要交持股款18万元，随后将增交至90万，即便想征战楼市，已是"粮草"占用殆尽。及后来持股之说"不成立"了，交过

去的钱复又退回,却又要着手为你留学做准备,一点"弹药"也是不便贸然投入房地产市场……

更主要的是,每次房价飙涨时,我总是觉得不应再涨了,持此观点的不止我一人。明眼人早就看出来了,二三十年计划生育后,中国人口增长早已趋缓,老龄化反倒明显起来,普遍的"1+2+4"的家庭(族)结构,让独生子女成年后可以不费吹灰之力即拥有两三套甚至更多房产,房子过剩是早晚的事,到那时只怕是房价一泻千里也抛不掉。

这不是吃不到葡萄讲葡萄酸的情绪化分析,现在已经有数据和报道表明,中小城市(另一说法是三、四线)房子库存率高、空置严重,有些地方即便暂停新建都够卖上几年,有些房子即便卖出也多空在"空城""鬼城"。

我还始终觉得,房价问题绝不仅仅是房子的问题,它已经与一些地方一些人的兴衰、命运紧紧绑在一起了,已经并正在扭曲人的身家财富与价值观念,最终将波及国家、民族的未来。这不是故作高深,更不敢危言耸听。有识者已对此忧虑不已。

试想一下,一个地方房价高,及随之不得已的户籍限购,只会积聚有钱人、留住本埠人,人才流动就成了一句空话,逆淘汰将一步步逼近,这地方的发展后劲持续动能何在?一个民族及其后代不是凭本事创富、本领创造,而是靠投机房产赚得腰包鼓鼓成了人上人、靠继承大把房产过上丰腴逍遥的日子,这些人的创造性创新性何在?

一个房子固化了城市和人才,物化了财富和灵魂,不可怕、可悲吗?

一个房子让多少人绞尽脑汁机关算尽,令多少人穷尽积蓄半生背贷。悠悠万事,唯此为大,一生都在为房子忙,前半生拼青春筹集钱,后半生拼老命还贷款,一辈子几近被房子绑架,了无其他目标,别样乐趣。这是个人的悲哀,还是社会的悲痛?

为着眼前计,为着长远虑,国家、地方也是数度出拳,也曾多箭并发,什么"这十条""那八条"啦,什么"限购""提高首付"啦……意降房价灼人虚火,欲拉楼市回到正轨。

然而,中国房地产就是有个性,就是打不死的"小强"。不服不行,没有一点道理可讲;生气不行,你又奈何不了它什么。

二

眼瞅着节节拔高嗖嗖上蹿的房价,我心中也是几番叹息几番挣扎几多惝惶;你妈妈则焦虑房价这样一个劲儿涨下去,钱又贬得厉害,不买个房子保值,等你毕业回国这点钱怕是连套房子也买不起了。

不买有不买的焦虑,买也有买的困惑,因为你正在等待新申请的两个研究生结果,如果都不成,回来就可能是不久即要直面的事了。而如果哪怕有一个录取了,你就还要再读一两年,还需一笔学费和生活费,相应买房的资金缺口就大了,背贷的负荷就重了。

生存还是死亡?哈姆雷特问。

继续游离还是决然"杀入"?我内心在问。

终于在这个万物萌发的春天萌生"杀意"。

正巧,春节后的一次聚会上,试着问了位老同学,他们单位开发的楼盘可有对外卖的了。还好,老同学很给面子,答应帮着问一下。几天后,他来电告知要买房的人很多,让我抓紧与开发公司副总联系。

千恩万谢之后,第二天上午便赶到濒临巢湖的一处楼盘,不大的售楼部里虽没有夸张到人头攒动,但也还是有不少人在看盘、在交谈。找到那位副总,他刚刚把我们交代给一位经理,未及多说就被一个来电缠住了。

经理初次见面,也就没有多少寒暄,开门见山告知正在推出的是一幢34层的高层住宅,一梯四户,对外销售的是各楼层中间的两户。

想看看房子,施工现场不能进,站在工地门外瞧见那楼有模有样;想瞧瞧户型呢,暂且只能纸上谈兵看图纸了。

一番咨询之后,来前一无所知的我们方才知道了个大概:这房子优缺点分明,优点是双学区、供冷暖、中小户型、周边较为成熟;缺点是房型不通透、每套92平方米,自己住是不太可能,你回国是否在肥发展不太确定,今后能否出掉手不太肯定。

分析、咨询,一眨眼接近中午了。售楼经理表示上午就要决定下来:选好房号,

然后准备资料,等待通知来交款。

啊!这么急?本想按常规先是打探一下,周边察看一下,再权衡一下,现在……忙提议给两天时间我们合计合计。售楼经理倒也直截了当地解释,这个楼盘登记购房的达一千多号,这批出来就百十套。你们是有人跟老总打了招呼,来了就选的,要不快定下来,后面排队的人多着呢,他们一选,这样的房子也没有了。

乖乖,楼市火爆房子俏销可见一斑。

约莫动用现金、贷款近百万,而且还将以你的名义购房,当然要与你通个气,听一听你的看法。还好,你倒是冷静。你认为不必赶在涨起来的风头上买,这之后估计是强弩之末了。

我们坦言相问,如果不买,以后房价再涨得买不起,你回来后没房住咋办。

你回答得倒也简洁干脆,租房子住呗。

呵呵,真的是旁观者清?抑或我们如此慌张如此不堪真的是"只缘身在此山中"?

人啊有时就是这样,虽然有着自己的见解、分析,理应依着自己的判断出言、行事。但在外界风潮的反复冲击,他人的思潮持久浸染之后,也难免裹挟其中,忘却甚至抛却了初心。

但愿我们始终能心有定力脚有定向。

2016 年 3 月 6 日

写给两年后的"落差"提醒

按理说，这些话应是两年后说时机最恰当，突然想到了，遵循"想到就做"的共勉，姑且写下备忘，提前看到也无妨。

你决定去麻省理工学院规划方向再读一个研究生，我们理解、支持。

想象着两年后你头戴哈佛、麻省两顶硕士帽，虽有荣光，亦有寒气，不由得冒出个"须准备提防今后的'落差'"的担忧和提醒。在你带着又拿下一所名校研究生的喜悦时，叨叨两年后可能有的"落差"忧虑，但愿没有太煞风景。

能再扛块"金字招牌"搁谁不是高兴还高兴不过来呢，怎么生出这么个"忧虑"呢？

人无远虑，必有近忧。在你顺境之时预估下其后可能的困难和麻烦，权当打了心理预防针，有备无患嘛。

那么看看以我的阅历预判的忧虑与提示是否离谱？

也许会遇到"适销"不对路？毕业后顺风顺水找到心仪的单位、对口的专业、中意的地方去工作，那自然是顺利的。但也可能应聘的工作、分派的岗位不是你所学所长，或者是专业虽然对口了，辛辛苦苦留学几年学的庞杂深奥理论却用不上多少，那时你会不会顿感失落、沮丧，甚至苦恼？

这不少见，不必多怪，也无须抱怨。干的没学过，学的用不上，更别说全用上，是许许多多人都碰到过经历过的事，不必就此怀疑懊恼花了那么多资金、学了那么长时间值不值。

任何学习都积聚了点知识、培育了些能力,学得越多所积淀得就越厚实,工作了,重在把具有的能力和知识调动起来,结合实际再学习钻研,我想,有个一年半载多半是可打通学、用"适销"之路。

也许会遇到自己不适应?你刚到一个工作单位,人家一下子也不清楚你长处在哪水平多高,按惯例是要把你放到基层岗位去磨炼磨炼,叫你先做基础事务来观察观察;或者哪个部门、环节正巧缺人就将你顶上去。遇上这些岗位,就可能带来你不喜欢、不擅长的被动型不适应。

在部门、团队干不多久或许你会发现,其成员构成与想象的不一样,各人的性格、做事风格也会各有不同,如果再是个国际性公司、组织,那就更加五花八门了,就可能出现见解不同、沟通不畅、衔接不顺等等互动型不适应。

对一个新加盟者来说,不管这个单位、组织建立三年五载,还是百年老店,都已形成特有的工作模式,有松散式的无为而治,有紧逼式的打卡签到,有宏观式的抓大放小,有精细式的严谨细致,有研究式的看重成果,有生产式的追求利润,凡此种种,如分辨不清未能及时调适就会陷入模式型的不适应。

也许会遇到同业不感冒?我们都期望同行不是冤家,同事不起摩擦,但社会之大,人之复杂,谁也保不齐不会碰上,比如竞争者的抵牾龃龉、妒忌者的冷言冷语、好事者的闲言碎语,有时真能搅得人身心俱疲情状皆乱。

古语说,木秀于林,风必摧之。俗话说,出头的椽子先烂。都道出人性之微妙、尘世之纷扰。你身扛两块"金招牌",没准会遭遇如此"谦让":她厉害牌子硬,大事、难事、苦事让她干好啦。你累个半死,干好了是该的;干不好,那人躲在一边看笑话、说闲话。

……

我们当然不希望遭遇这几"不",但现实也不是想怎么样就怎么样的。今天作此提示就是为了未雨绸缪、防患未然。

怎么做呢?我想不论在哪,不妨先放低身段,以诚待人,坦言己短,甚至来点幽默"自黑";可以自尊但不自傲,虽然居高却不临下,尊重他人,学人经验。以最大耐心最大程度消弭因为差异诱发的隔阂和对立,气顺了,人和了,误解就少了,冲突也就没了。

如果真的遇上了,也别惊讶、别烦恼,我们提前警示不已做了心理准备了吗?先多从自身找找缘由,修正自己,调整自我;同时,稳住阵脚,固守信心,是金子总能发光的,有能力终会展现的,只要自己把事做漂亮,把活干得过硬,单位里的同事领导服气了,也就无多余的话可说了,反过来还会帮助你支持你。

2016年4月16日

哈佛大学带给你什么？

时光飞逝，转眼三年。又是一个夏天，我和你妈妈又去参加你的毕业典礼，所不同的是这次是去美国哈佛大学参加你的研究生毕业典礼。

说定去之后我就在想，上次是"去你学校认识你"，那么这次去认识什么呢？

上次去中山大学，因是国内大学，彼此相似程度、我们了解程度都多几分，就偏重"认识人（你）"了；这次去的毕竟是美国高校，知之甚少，陌生就好奇，便想侧重"认识物（学校）"了，就想近距离瞧瞧哈佛大学是什么样，有何特质，进而看看它已经或将会带给你些什么。

以前听人们说过哈佛大学的校门如何如何，一个代表性的说法是校门窄小、简单，连个校名、获奖荣誉之类的牌匾都没有，确乎难与学校的分量或名气相匹配。这倒勾起我到你们学校看个究竟的欲望。

到了、看了才知道，大家说道最多的简易校门实则是"Harvard Yard"（哈佛院子）的门。为了一探校门怎么个"简陋"法，我特意沿着院子转了一圈，发现东西南北四周大大小小的门有十几个之多，直超"九门"哦，而且个个都是人来人往，真分不清哪个是正门、大门，哪个是侧门、旁门。

这个院子是哈佛大学最初校址或起步之地，如果要把这类院子门当作校门，只能从历史这个角度来说了。而如今哈佛大学早已由此院子四向辐射"长大"几倍甚至十几倍，周遭也没有院墙的界限或分隔，也就是说它是个敞开式的校园，是个没有围墙没有大门的大学。因此，从今天整个校区层面看，那些个院子门确实担

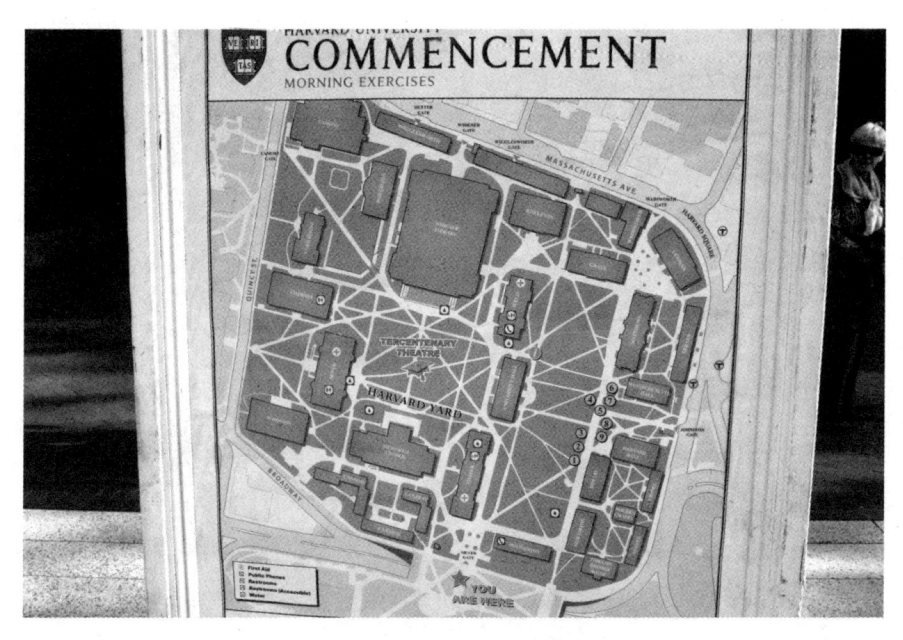

(Harvard Yard 平面图)

不起校门之谓的。

　　由于这个院子地处哈佛大学中心或核心区位,又有校长办公室、学生宿舍、著名的××图书馆、教堂、哈佛铜像等,每天从早到晚南来北往东进西出的人川流不息,甚至来自世界各地的游客都是一拨一拨的。一年一度的业已演化成当地一个盛典一个节日的哈佛大学毕业典礼也在此举行,其时人流量多达三四万之众(见附图)。从这个层面说,哈佛院子称得上是哈佛大学的一张名片、一个窗口、一处枢纽,其开放性与包容性使得门的数量比门的档次更实用,算不算或有没有校门就显得不那么紧要了。

　　在哈佛院子这个核心、优美、热闹的"风水宝地",还有一些楼房是用作本科生宿舍的。随便想想,能住在这个院子里的学生该是多么幸运幸福。因为院子就那么点大、房子就那么几幢,不可能所有本科生都扎堆在这里,但有一种安排则是大家"有福同享利益均沾"的:大一新生一入学,由校方打乱院系、专业、班级安排寝室,2—6人组成一个住宿小组,几个小组十几个人构成一个单元,很多活动与管理

2016 年毕业典礼现场

就是在此基础上进行的,因而这样的单元或小组就好似"一个小型化、多样化的社区"。其意在让不同国家地区、专业背景、性格习惯的新生更多接触,适应与尊重多样性;相互交流,碰撞与激发创造性。次年他们再重新调换到 2—4 年级本科生住宿楼里。

虽然我没时间查阅资料,没机会查询问卷如此安排住宿,是产生的摩擦多,还是激发的火花多,仅从旁观者的直觉来说,此举初期看可能是喜忧参半,一群群来自五洲四海的新生乍同住一起,除了新鲜激动、好奇探询之外,怕是要学着适应、学会交流好一段时日,其间恐怕也免不了摩擦吵闹。但从长远看,多少能播下善于适应的种子,打下长于交流的根底,摘下基于碰撞的果实。该校的影响力与社会贡献是否旁证了这一点呢?

相由心生,心因境变。人是环境的产物,其性情、认知、思维及能力等等无不留下清晰的或潜在的烙印,而且时间越长印记越深。至于一个人被环境塑造得如何、随环境变化了多少,则在于他自身的悟性与造化了。

那么，哈佛大学这些我们看到的以及没有看到的特色及做法，会给你多少潜移与默化呢？你在那生活学习了3年，经历体验了诸多长短，感慨感悟过酸甜苦辣……你当比我们更有发言权。

我在琢磨探究，你也可回味梳理。

2016年6月15日

后　　记

随着《家书做伴》编、校一步步递进着，自己悄悄长舒了一口气，如释重负一般。

之所以舒口气，是因为最初思考并书写、集纳而出版也是心有犹疑及忐忑：这些家人间些微琐事的闲言碎语，是否适宜公之广庭？这些"豆腐干"千字文的议论引申，是否能明辨事理给人共鸣？这些对孩子长短的指指点点，是否有说教或炒作之嫌？

幸运的是，有熟识的新识的师长友人的鼓励与相助，给了我试一试的勇气和机会：诚挚感谢安徽文艺出版社的厚爱接纳了本书，朱寒冬社长（时任）、张堃副总编（时任）及责任编辑韩露等热忱指导和悉心编校；感谢安徽省文联主席吴雪的抬爱拨冗挥毫题写书名；感谢同事朋友朱晓凯、吴师帅、胡竹峰、曹海峰、吴国辉、黄丛慎、黄若丁等的出招出力。

此外还要致谢孩子与妻子包容了我以她们的话和事作为放言的由头及对象。

欣慰欣喜之余，我知道又该紧张一下了，接下来要直面读者诸君的见仁见智、评头论足了。"丑媳妇总要见公婆"的，自己唯有笑纳"拍砖"或"点赞"，并提前道声"谢谢"。同时想说明的一点是，家书中提及的一切外界对象仅限于一事一状的谈论，并无降低评价之意。

前面"自言自语"几句充当自序了，后面再记上几句权当后记吧。

2016 年 6 月